Autorengruppe **LITERA**

Wasserwelten

Layout Marion Leppink

Herstellung und Verlag: BoD - Books on Demand, Norderstedt

ISBN 978-3-7431-8124-3

Inhaltsverzeichnis

Wasser kann Leben verändern

- Anja Brand -

Thomas Mutter war mit diesem Haus verwachsen. Egal wie schlecht die drei Räume in der ersten Etage auch ausgestattet waren, sie waren Lisbeths Zuhause. Solange sie denken konnte, gab es in dieser Wohnung weder fließendes warmes Wasser, noch eine Heizung. Haare waschen mit Gießgefäß und Schüssel war hier genauso normal wie jeden Morgen ein Feuer in dem alten Kohleofen zu entzünden.

Die alte Wohnküche war ihr Reich. Ein Tisch stand vor einem alten Sofa, das geradeaus an der Wand stand. Um den Tisch gab es noch ein paar alte Stühle. Der Küchenschrank war ebenso in die Jahre gekommen und das Sideboard stand auf recht wackeligen Beinen.

Das eckige Waschbecken hinter der Tür war schon fast nostalgisch und für den alten Kohleofen, der gleichzeitig als Herd diente, hätte sich jeder Trödler begeistert.

Draußen, auf dem Flur, war abgeteilt eine Toilette mit einem kleinen Handwaschbecken. In den beiden hinteren Räumen standen die Betten und zwei Kleiderschränke. Auch ein altes Schlafsofa hatte hier seinen Platz. In dieser Wohnung hatte sie all die Jahre gelebt, ihre Kinder großgezogen und ihren kranken Mann versorgt. Er hatte damals oft gesagt, dass eine andere Wohnung besser gewesen wäre, aber sie hing an diesen Räumen. Warum auch immer!

Nach und nach waren die anderen Mieter ausgezogen. Die Parterrewohnung war vor zwei Monaten geräumt worden. Die Wohnung über ihr war schon länger leer. Mehrfach hatte man Lisbeth und ihren Söhnen eine andere Wohnung angeboten, denn das Haus sollte abgerissen werden. Diesen Schritt zu gehen hatte sie bis heute vermieden.

Seit einem Jahr arbeitete sie in einem kleinen Metzgereibetrieb als Aushilfe, um ihre magere Rente aufzubessern. Lisbeth spülte und putzte die Wurstküche, schrubbte die Böden und ging dort zur Hand, wo sie gebraucht wurde. Wenn sie am Abend langsam die Straße zu ihrer Wohnung hinaufschlurfte, merkte man ihr den langen und anstrengenden Tag an. Kaum zu glauben, dass sie sich dort so wohl fühlte. Ihre beiden jüngsten Söhne waren beide schon aus dem Teenageralter raus, wohnten aber noch mit ihrer Mutter in dem alten Haus. Die anderen beiden Söhne, die schon lange aus dem Haus waren, versuchten immer wieder sie zu einem Umzug zu bewegen - Vergebens.

Mein Freund Thomas, war einer von den Daheimgebliebenen. Ich weiß es noch, als wäre es erst gestern gewesen, dass er jedes Mal die Augen verdrehte, wenn die Sprache auf das Thema Umzug kam.

„Papperlapapp!“ sagte seine Mutter und wischte mit einer Handbewegung alle Einwände fort. „Ich lebe hier seit Jahrzehnten und hier bleibe ich auch!“

Damit war das Thema für sie beendet.

Eines Tages kam ein Brief von der Stadt. Dort hieß es: „Wie bereits seit Anfang des Jahres bekannt, kündigen wir den Wohnraum in der Hansastrasse 3 fristgerecht zum 31. März des kommenden Jahres.“

Der Abriss des Hauses sollte in den danach folgenden Wochen wie geplant stattfinden.

Das war der schlimmste Tag seit langem. Lisbeth saß am Tisch, hielt den Brief in Händen und starrte ins Leere.

„Das können die doch nicht machen“, stammelte sie leise und Verzweiflung klang aus ihrer Stimme.

Ich weiß nicht wie sie es schaffte, aber am nächsten Tag merkte man ihr von der Nachricht der Stadtverwaltung nichts mehr an. Lisbeth ging weiterhin zur Arbeit und lebte weiter als sei nichts geschehen. Wenn man glaubt, sie hätte Wohnungsanzeigen gelesen, oder gar Bewerbungen geschrieben, keine Spur. Es war so, als hätte es diese Schreiben nicht gegeben.

Dem sonnigen September folgte ein regnerischer Oktober. Das Jahr ging zu Ende, aber nichts veränderte sich. Der Dezember war lausig kalt. Das Weihnachtsfest verbrachte die Familie bei einem der älteren Söhne in der Nachbarstadt, aber auch dort wurde das Thema Wohnungswechsel nicht angeschnitten. Auch der Januar, mit seinen sternenklaren Nächten brachte tiefsten Frost. Als Ende Februar die ersten Sonnenstrahlen die Erde zu wärmen begannen und die Tage langsam länger wurden, wurde die Situation immer angespannter. Niemand sprach über das brisante Thema, aber alle fragten sich insgeheim, wie es weitergehen sollte. Die Einzige, die keine Gemütsregung zeigte, war Thomas Mutter. Es begann der März und bescherte richtig warme Tage.

Thomas hatte seine Mutter zur Arbeit gebracht und holte mich von meiner Freundin ab. Als wir das Auto vor dem Haus parkten, und langsam zur Haustür gingen sahen wir, dass Wasser unter der Haustür hindurch und die Straße hinunter lief.

Was war das? -

Wir schauten uns gegenseitig an und blickten fast zeitgleich auf das Wasser, das unaufhaltsam weiter unter der Tür her floss. Mit zitternden Fingern versuchte Thomas den Schlüssel in das Haustürschloss zu stecken, was ihm aber erst beim dritten Mal gelang. Als die Tür aufschwang sah man die ganze Bescherung. Ich hatte das Gefühl eine Tropfsteinhöhle zu betreten. Von der Decke regnete es dicke Tropfen und die Treppe glich einem Wasserfall. Knöchelhoch stand das Wasser im Hausflur. Ein Teil floss weiter Richtung Keller und der andere Teil zur Tür hinaus.

Thomas war kreideweiß. Er eilte die Stufen hinauf und schrie: „Hier läuft es auch!"

Er öffnete die Tür zur Wohnküche. Den überschwemmten Raum und die tropfende Decke sehe ich heute noch vor mir. Aber damit nicht genug. Das Wasser rann aus dem Küchenschrank und klimpernd fielen Tropfen in die alten Kaffeetassen. In den angrenzenden Räumen bot sich das gleiche Bild - Wasser!

Eine große Pfütze hatte sich auf der Ablage und auf der Glasscheibe des Waschtisches gesammelt. Der machte so seinem Namen alle Ehre.

Die sonst hellblaue Tagesdecke auf dem Bett war dunkelblau und aus ihren Troddeln an den Rändern tropfte es munter auf den Fußboden. Das Wasser hatte die weiße Deckenfarbe an gelöst und kleine weiße Kegel hingen an der Decke, von denen unaufhörlich die Tropfen fielen.

Wasser, Wasser, Wasser, wohin das Auge blickte.

Thomas rief plötzlich: „Der Haupthahn, der ist im Keller!“ und rannte los. Nach kurzer Zeit war er wieder da und tatsächlich floss das Wasser irgendwann langsamer.

Die kalten Nächte der vergangenen Zeit und das milde Wetter der letzten Tage hatten das Unglück ausgelöst. Ein Wasserrohrbruch in der oberen, leerstehenden Wohnung hatte das Chaos verursacht. Kein einziger Fleck war in der Wohnung auch nur halbwegs trocken.

Mit bangen Gefühlen holten wir am Abend Thomas Mutter ab. Sie betrat die tropfnasse Wohnung und sah sich um. Mit starrem Blick ging sie von Raum zu Raum. Sie sagte nicht ein Wort. Wir hatten ein paar Kleidungsstücke gepackt und sie im Auto verstaut. Mit diesen notdürftigsten Sachen fuhren wir zu Thomas älteren Bruder. Hier konnten die Drei erst einmal unterkommen.

Wir warteten gespannt auf eine Reaktion, hatte Lisbeth doch bis dahin nicht ein Wort gesagt. Sie fiel anders aus als erwartet. Als alle gemeinsam am Tisch saßen, schaute sie ungläubig zwischen allen Personen hin und her. Es dauerte einen Moment, aber dann begann sie schallend zu lachen. Sie lachte, bis ihr die Tränen liefen.

„Ha, da hat mich mein Sturkopf doch eingeholt", presste sie lachend hervor. „Von wehehgen hier gehe ich nicht weg. Jetzt hat mein Alfons mir die Entscheidung abgenommen Hahaha, der hatte doch immer das letzte Wort! Sogar noch heute."

Sie wischte sich die Tränen weg und fügte sich in ihr Schicksal, das es keineswegs schlecht mit ihr meinte.

Da die Stadt nicht darauf geachtet hatte, das Wasser in der oberen Wohnung abzusperren, war sie haftbar. Zwei Monate und zwei Schecks von der Versicherung später, bewohnte sie eine schöne Wohnung mit Balkon, Zentralheizung und Einbauküche. Ihr ganzer Stolz war das kleine Bad mit der Badewanne und dem Duschvorhang. Hier verbrachte sie viel Zeit und manchmal sang sie in der Badewanne: „Regentropfen, die an dein Fenster klopfen, das merke dir, die sind ein Gruß von mir......“

Die Stadt der Brunnen

- Beate Kranz -

Am Ende ihrer Suche hatten sie drei ausgerissene Seiten eines Tagebuches und ein zerknicktes Foto in schwarz-weiß, das zwei Mädchen vor einem Brunnen zeigte, in ihren Händen gehalten.

„Ich befürchte, jetzt fängt die Suche erst wirklich an", hatte sie zu ihrer Mutter gesagt und wiederholt die Eintragungen gelesen.

„Ich suche nicht weiter", hatte ihre Mutter geantwortet. „Sie hat ihr ganzes Leben über geschwiegen. ‚Vorbei ist vorbei', hat sie immer gesagt, wenn ich etwas gefragt habe. Doch wenn du weitersuchen willst, meinen Segen hast du dazu."

Zwei lange Jahre hatte sie bei dieser Suche gebraucht, bis sie glaubte, endlich am Ziel angelangt zu sein.

Doch jetzt, als sie vor dem Brunnen steht, fragt sie sich, ob sich die Suche gelohnt hat.

Nichts deutet auf die Vergangenheit hin, die sie aus den Notizen herausgelesen hatte.

Der Brunnen ist alt, hat einen gewissen historischen Wert; dennoch hindert es die Dorfbewohner nicht, ihre gelben Säcke, die mit dem verwertbaren Abfall prall gefüllt sind, am Abholtag um ihn herum zu deponieren.

‚Ich habe es mir anders vorgestellt', denkt sie, nimmt ihr Smartphone aus dem Rucksack, sucht die richtige Perspektive und dann die App für die Kamera.

„Ist etwas mit Ihnen", fragt eine alte Frau mit Rollator und bleibt schwer atmend stehen.

„Nein", wehrt sie ab. „Ich will nur ein Foto von diesem Brunnen machen", fügt sie hinzu, weil ihr das schroffe Nein jetzt doch ein wenig Leid tut. Verlegen darüber, streicht sie ihre dunklen, widerspenstigen Haare hinter die Ohren.

„Da haben früher die Frauen ihr Wasser hergeholt", erklärt die Frau. „Ist aber schon lange her. Als meine Mutter geboren wurde, hatten sie hier bereits Wasserleitungen. Aber meine Großmutter erzählte mir, dass sie als Kind noch mit Eimer und Tragjoch zum Brunnen gegangen ist."

„Die Frauen haben sich hier am Brunnen getroffen und die jungen Mädchen auch, haben Neuigkeiten und Alltag ausgetauscht und miteinander geteilt", sagt sie, als die alte Frau schweigt und denkt an die herausgerissenen Seiten des Tagebuches.

‚Luna und ich haben uns am Brunnen getroffen und Luna hat mir erzählt, dass sie zu Weihnachten ein Geschwisterchen bekommt. Und dann schenkte sie mir einen warmen Mehlkloß, in dem eine weiche Aprikose versteckt war‘, hatte auf einer Seite gestanden, während auf der Rückseite das Rezept für Mehlklöße notiert war.

„Woher wollen Sie das wissen?“ Die Stimme der alten Frau klingt abwehrend und neugierig zugleich.

„Meine Großmutter hat hier gelebt. Zumindest für einige Jahre. Damals, noch vor dem Krieg. Ihr Name war Elsbeth Berghausen. Haben Sie sie gekannt? Ich bin übrigens Marie.“ Sie spürt, dass sie zu viel und zu schnell redet und streckt wie zur Begrüßung ihre Hand aus. Für einen Moment glaubt sie, dass die alte Frau ihre Hand ergreifen wird.

„Kenne ich nicht. Die hat hier nie gewohnt. Da verwechseln Sie wohl etwas. Ich muss gehen, sonst hole ich mir hier noch den Tod.“ Die Stimme klingt auf einmal hart, abschließend, und die alte Frau reißt ruckend den Rollator zur Seite, geht schweigend an Marie vorbei.

Marie sieht ihr überrascht hinterher, bis sie vom Klingeln ihres Smartphones abgelenkt wird.

„Ich habe den Brunnen gefunden, Mama". Er sieht fast so aus wie auf dem Foto. Ich weiß jetzt, wo Oma gelebt hat. Ich schicke dir gleich die Fotos“, spricht sie in den Lautsprecher und rückt den Rucksack zurecht. „Ich bleibe über Nacht hier im Ort und komme morgen zurück. Ja, ja, natürlich habe ich ein Zimmer.“ Sie beendet das Gespräch, macht noch weitere Bilder. Und weil es noch hell ist, und sie keine Lust auf einen langen, einsamen Abend in einem Hotelzimmer hat, geht sie durch die Gassen und engen Straßen des Dorfes.

‚Irgendwo hier hat Oma mit ihren Eltern gelebt‘, denkt sie und mustert die alten Häuser aus Fachwerk, macht weitere Fotos. ‚Warum hat sie nie darüber geredet? Warum verschwieg sie uns so viel?‘

Auf ihrem Rückweg entdeckt sie das kleine Lokal, das Kartoffelgerichte und Pfannkuchen auf der Speisekarte stehen hat. ‚Die heiße Pfanne‘, steht in rustikalen Lettern über der Holztür.

„Na, Tourist oder auf der Durchreise?“, begrüßt sie der Wirt und reicht ihr die Speisekarte.

„Eher auf Spurensuche", antwortet Marie. „Meine Großmutter ist vor zwei Jahren gestorben und wir haben entdeckt, dass sie hier vor dem Krieg gelebt hat."

„Tja, der Krieg ist lange her. Irgendwann muss auch mal gut sein, sag ich immer. Mit Ihrer Spurensuche wird es nichts werden."

„Ich habe ein Foto", sagt Marie und reicht ihm das Bild. „Das ist meine Großmutter Elsbeth Berghausen und das Mädchen daneben ist ihre Freundin Luna."

„Nie gehört die Namen. Haben Sie sich schon was ausgesucht? Die Pfannkuchen mit Pilzen und Salat empfehle ich Ihnen. Meine Frau war heute Morgen im Wald."

Sie wählt Folienkartoffeln mit Lachs und einen Weißwein.

„Wie Sie meinen", murmelt der Wirt und nimmt die Karte mit.

„Wir schließen um sieben", sagt er zwanzig Minuten später und knallt den Teller auf den Holztisch. „In der Woche lohnt es sich nicht."

Marie stochert lustlos in der Kartoffel, die heißer sein könnte. „Ich möchte zahlen", sagt sie in Richtung Wirt, zieht das Portemonnaie aus dem Rucksack.

„Wie viele Brunnen haben Sie eigentlich hier in der Stadt“, fragt sie, als sie sich die Jacke anzieht.

„Zu viele. Sind nur im Weg und nehmen Parkplätze und Tische für draußen weg.“

Sie hebt abwehrend die Hand. „Bin schon weg“, sagt sie, zieht die Tür zu und hört, wie ein Schlüssel im Schloss umgedreht wird.

„Ich hoffe, Sie hatten einen angenehmen Nachmittag.“ Der ältere Herr an der Rezeption mit Halbglatze und goldfarbener Lesebrille greift hinter sich und reicht ihr den altmodischen Zimmerschlüssel.

„Wenn zwei unfreundliche Leute und eine kalte Kartoffel angenehm sind, dann war der Tag es auch“, antwortet Marie.

„Sie waren also bei Günter. Nehmen Sie es nicht persönlich. Das Geschäft ist in den Ferien mau, da fallen die Stammtische aus und Günter ist chronisch schlecht gelaunt.“

„Wie viele Brunnen gibt es eigentlich hier?“

Der Mann schiebt seine Brille auf die glänzende Stirn, sieht sie nachdenklich an. „Warum fragen Sie?“

„Warum bekommt man hier auf seine Fragen keine Antworten“, kontert Marie. „Oder ist der Ort ein einziges großes Geheimnis?“

„Kommt drauf an. Man möchte halt wissen, wer fragt und warum."

„Mein Name ist Marie Berghausen, meine Großmutter war Elsbeth Berghausen und hat mit ihren Eltern, also meinen Urgroßeltern hier vor dem Krieg gelebt. Sie hat nie darüber gesprochen und wir haben das alles erst nach ihrem Tod entdeckt", sagt Marie.

„Wer ist wir?"

„Meine Mutter und ich. Meine Mutter war übrigens nicht mit meinem Vater verheiratet, deshalb trage ich den gleichen Familiennamen wie meine Großmutter. Nur, damit sie sich nicht wundern und mir glauben." Sie holt das Foto aus ihrem Rucksack. „Sehen Sie, das ist meine Großmutter und das ist ihre Freundin Luna. Steht jedenfalls auf der Rückseite. ‚Luna und ich', steht da. Und der Brunnen den Sie dort sehen, das ist der Brunnen in Ihrer Stadt."

Der Mann hat die Brille wieder auf die Nase geschoben, hält das Foto nahe der Tischlampe und schaut angestrengt darauf, zögert. Dann hält er ihr seine rechte Hand hin. „Ich bin übrigens der Karl. Habe hier schon immer gelebt und mein Großvater hat das Hotel aufgebaut. Ist ja eigentlich eine Pension, wenn man ehrlich ist. Aber Hotel hört sich besser an."

Marie drückt seine Hand und für einen absurden Augenblick kommt es ihr vor, als hätte sie damit ein noch unbekanntes Schicksal besiegelt.

„Wie viele Brunnen gibt es hier", wiederholt sie stur.

Karl zeigt auf zwei Sessel und einem runden Tisch, auf dem sich Zeitungen und Prospekte stapeln. „Wenn Sie Zeit haben, werde ich Ihnen alles erzählen. Setzen Sie sich. Ich hole nur Kaffee. Sie trinken doch Kaffee, oder?"

Sie setzt sich und schiebt die Zeitschriften zur Seite, macht Platz für den Kaffee.

Karl kommt mit einem Tablett, auf dem eine weiße Thermoskanne, Milch, Kaffeebecher und eine Schale mit Plätzchen stehen.

„Es gibt hier gut zehn Brunnen, wobei die Hälfte von ihnen auf Privatbesitz ist. Manche sehen eher wie eine Pumpe aus", sagt er und gießt den Kaffee ein, schiebt ihr die Plätzchen hin. „Kennen Sie noch diese Pumpen? Oben der lange Pumpschwengel und vor ihm das Gitter, auf dem der Eimer abgestellt wurde. Wir haben auch so eine im Garten. Ich zeige Sie Ihnen morgen, wenn es hell ist. Ganz praktisch, haben für das Gemüse und für die Blumen immer Wasser und das Wasserwerk verdient kein bisschen Geld daran." Er nickt ihr zu, rührt Milch in den Kaffee. „Mag ihn ja lieber schwarz, aber der olle Doktor sagt immer, dass ich aufpassen soll. Blutdruck ist ein wenig zu hoch", schwatzt er.

„Und die anderen Brunnen?", fragt Marie.

„Tja, die anderen sind hier im ganzen Ort verteilt. Sind alle hergerichtet worden. Soll ein wenig nach Geschichte, also nach Historie aussehen." Wieder nickt Karl ihr zu, blickt kurz in ihre Augen, sieht weg. „Aber der Brunnen, also der auf dem Foto. Der war früher der wichtigste Brunnen hier. Nur danach, da hätte man ihn am liebsten abgerissen oder zugeschüttet. Ging aber nicht, direkt darunter ist die Quelle."

„Was war vor dem danach", fragt Marie und gießt ebenfalls Milch in den Kaffee, obwohl auch sie ihn lieber schwarz trinkt. Karl wirft ihr einen anerkennenden Blick zu.

„Vor dem danach war die Zeit, als ihre Oma und deren Freundin und alle anderen Frauen und Mädchen sich am Brunnen trafen. Das war so bekannt, dass davon Fotos gemacht wurden. Warten Sie mal. Ich hole mal das Album."

Karl verschwindet, kommt mit einem schwarzen Lederalbum zurück. „Ist von meinem Großvater. Aber sagen Sie es keinem weiter, die denken alle hier, dass alles vernichtet ist.

Vor sechzig Jahren, da hatte mein Vater gerade das Hotel hier übernommen, da haben die, die hier was zu sagen hatten, beschlossen, dass wir alles endgültig vergessen und neu anfangen sollten. Mein Vater hat aber nur ja, ja gesagt und zwei alte Alben, in denen mein Großvater alle Bilder entfernt hatte, mit zum Osterfeuer gebracht. Er hat sie als erstes ins Feuer geworfen, hat niemanden reingucken lassen. Keiner hat gemerkt, dass da nur die Bücher brannten und sonst nichts." Karl blättert in dem Buch, tippt dann auf ein Foto. „Sehen Sie, hier ist der Brunnen. Ganz am Rand steht noch eine Frau mit einem Tragjoch. Es gab zwar schon Wasserleitungen in den Häusern, aber viele der Alten holten sich weiterhin das Wasser vom Brunnen. Behaupteten, dass es besser schmeckte und gesünder sei."

„Und meine Großmutter und Luna?", fragt Marie.

Karl blättert eine Seite um, tippt auf ein anderes Foto. „Hier, das sind die jungen Mädchen des

Dorfes. Das hier ist meine Tante Elfriede. War ein Nachkömmling und gar nicht mehr geplant. Schauen Sie, das Mädchen hier müsste ihre Oma sein und das Mädchen hier die Freundin.“ Er schiebt das Album näher zu Marie, zeigt nochmals auf das Foto.

„Ja, das ist meine Oma“, sagt Marie.

„Das war 1934“, sagt Karl. „Sehen Sie, hier ist eine Postkarte und das Datum des 5. Augusts.“

„Da war meine Oma vierzehn Jahre alt. Meinen Sie, dass die beiden Fotos an dem gleichen Tag entstanden sind?“

„Glaube ich schon“, sagt Karl. „Fotos sind ja nicht so einfach ruckzuck gemacht worden. Da ist extra ein Fotograf gekommen und alle zogen ihren Sonntagsstaat an.“

„Was war denn der Anlass für diese Fotografien?“

Karl hebt die Schultern, lässt sie wieder fallen. „Ich denke mal, es hatte etwas mit diesem Brunnen zu tun. Mein Vater erzählte mir mal, dass vor dem Krieg im Brunnen plötzlich kein Wasser mehr war. Und niemand konnte es sich erklären. Alles deutete darauf hin, dass die Quelle versiegt war. Sind damals alle in die Kirche gerannt und haben um Wasser gebetet. Und dann plätscherte es wieder eines Tages."

„Was war der Grund?"

„Haben sie nie herausgefunden. Es kamen Gerüchte auf. In einer Kleinstadt oder in einem Dorf entstehen ja schnell Gerüchte." Karl rückt seinen Sessel ein wenig zur Seite, sieht unbehaglich Marie an und blättert dann hastig im Album. „Hier hinten kommen dann Bilder nach dem Krieg. Wollen Sie die auch sehen?"

Marie blickt zu Karl. „Was waren das für Gerüchte?", fragt sie leise.

Karl schlägt das Album zu. „Die waren nicht sofort da. Erst mal waren alle froh, dass im Brunnen wieder Wasser war. Hatten damals mächtig Angst, dass überall das Wasser versiegt und sie dann auf dem Trockenen säßen."

Marie sagt nichts, schaut ihn einfach weiter an.

„Wenn man sich etwas nicht erklären kann, sucht man nach Schuldigen", sagt Karl zögernd. „Und Schuld sollen doch immer die anderen haben."

„Wer hatte Schuld", fragt Marie. „Meine Urgroßeltern und meine Oma?"

„Die nicht", antwortete Karl schnell „Ihr Urgroßvater, der war der Lehrer Wilhelm Berghausen, der war hier sehr angesehen; er soll ein guter Lehrer gewesen sein, der den Kindern mehr beibrachte, als er gemusst hätte. Hat auch nie geprügelt, allenfalls mit dem Stock gedroht. Die haben hier noch ganz lange von ihm erzählt. Da war er schon lange fort. Nee, nee, auf Ihrem Urgroßvater ließ niemand was kommen. Möchten Sie noch einen Kaffee?“

Marie nickt, nimmt aus ihrem Rucksack die drei Tagebucheintragungen. „Diese Blätter haben meine Mutter und ich bei meiner Oma gefunden, als wir ihre Wohnung ausräumten. Sie hat bis zum Schluss alleine gelebt, wollte nie ins Heim und auch nicht ins Haus meine Mutter ziehen. Als erstes fanden wir das Blatt mit dem Mehlkloss-Rezept. Es lag als Lesezeichen gefaltet in einem Gedichtbuch von Rilke. Keine Ahnung, warum es gerade darin lag.“

„Vielleicht war es das Lieblingsgedicht ihrer Oma“, vermutet Karl.

„Mist“, sagt Marie. „Ich weiß gar nicht auf welcher Seite Oma es hineingelegt hatte. Meine Mutter und ich haben an diesem Tag alle Bücher aus dem Regal genommen und sie ausgeschüttelt.“ Marie zuckt die Schultern. „Meine Oma hatte die Angewohnheit ihre Rente in Bücher zu verstecken. Wir haben über tausend Euro gefunden. Und wir fanden diese drei Tagebuchseiten.

'Luna ist meine beste Freundin, wir sitzen im Unterricht nebeneinander und an den freien Nachmittagen bin ich oft bei ihnen zuhause. Ihr Vater ist Schneidermeister und ihre Mutter backt den besten Streuselkuchen auf der ganzen Welt', liest sie vor.

„Ich habe es mir gedacht", unterbricht Karl Marie.

„Was haben Sie sich gedacht?"

„Luna ist Julius Hirschs Tochter", flüstert Karl und schaut sich um.

„Wer ist Julius Hirsch", fragt Marie und schaut Karl verblüfft an.

„Julius Hirsch war der Schneider hier. Er kam nach der Weltwirtschaftskrise hierher, ließ sich nieder und eröffnete seine Schneiderei und ein winziges Geschäft", Karls Stimme ist tonlos und so leise, dass sich Marie vorbeugen muss, um ihn zu verstehen.

„Und weiter", fragt Marie.

Karl schweigt. Hebt seine Kaffeetasse an die Lippen, setzt sie wieder ab.

„Sie sprachen von drei Tagebuchseiten. Was steht auf der letzten Seite?“

„Vorgestern habe ich Luna das letzte Mal gesehen. Ich weiß nicht wo sie ist. Meine Mutter ließ mich gestern nicht zur Schule gehen, sperrte mich in meinem Zimmer ein. Heute kam Luna nicht in die Schule und am Abend nicht zum Brunnen. Auf dem Rückweg bin ich zu ihr nach Hause gegangen. Das Geschäft ihres Vaters und die Wohnung darüber sind leergeräumt.“

Karl erwidert kein Wort als Marie schweigt; schaut auf seine Hände, auf die Kaffeetasse.

„Die Seite steckte in dem Buch ‚Andorra‘. Meine Mutter wusste gar nicht, dass meine Oma dieses Buch besaß, es überhaupt gelesen hatte. Es stand in der hinteren zweiten Reihe, ganz unten im Regal“, sagt Marie, um das Schweigen nicht groß werden zu lassen

Karl schweigt noch immer, hat die Hände vor seinen Mund gelegt.

„Verstehen Sie denn nicht“, fragt er dann.

„Als die Sache mit dem Brunnen und dem mangelnden Wasser vorüber war, konnten sich die Leute hier nicht beruhigen. Jeden Tag standen sie davor, schauten in das Becken und einige von ihnen rannten sogar nachts aus ihren Häusern und schauten nach, ob das Wasser weiter in den Brunnen rann. Und niemand konnte es sich erklären, warum das Wasser fort war und dann wieder kam. Hatten die Gebete genutzt? Und wer war der Grund für die ganze Geschichte." Karl bricht ab, knetet seine Hände, schiebt den Zeitschriftenstapel zur Seite.

„In schwierigen und dunklen Zeiten mag man keine Fremden", sagt er dann. „Irgendjemand sagte, dass es bestimmt der Schneidermeister gewesen sei, der dafür gesorgt hätte, dass der Brunnen kein Wasser mehr hat."

„Das macht keinen Sinn", unterbricht ihn Marie.

Karl lacht verächtlich auf. „Sinn. In solchen Zeiten macht nichts wirklich Sinn. Die Leute wollten eine Erklärung und je länger sie nachdachten, desto mehr wuchs bei ihnen die Überzeugung, dass jemand ihnen etwas Schlechtes wolle. Und wenn jemand einem etwas Schlechtes will, dann kann es nur ein Fremder sein. So dachten sie hier."

„Meine Urgroßeltern waren auch Fremde", merkt Marie an.

„Ihr Urgroßvater kümmerte sich um die Schüler, gab sogar dem Sohn des Bestatters kostenlos Unterricht, sodass er dann die Prüfung bestand und ein Stipendiat fürs Gymnasium bekam. Das haben die Leute hier nie vergessen. Aber der Julius Hirsch, der war nur ein Schneider. Ein guter Schneider gewiss. Doch der tat nichts für die Leute, der verdiente nur an ihnen. Kriegte eine goldene Nase von dem ganzen Geld."

Karl schweigt wieder, schaut auf seine Armbanduhr. „Ist schon spät", sagt er.

„Meine Oma schwieg auch und irgendwann war es zu spät", sagt Marie und denkt, dass der Satz jetzt auch nicht viel Sinn macht.

Karl fährt zusammen. „Sie haben Recht. Irgendwann muss man reden, sonst hört das nie auf", stimmt er zu. „Man kam also zu dem Ergebnis, dass der Schneidermeister Schuld an der Sache mit dem Brunnen hätte. Die Gebete hätten zwar ein Unheil abgewendet, aber eine Garantie, dass es dabei bliebe hätte man nicht. Und dann war da noch der Name. Julius Hirsch. Das war doch ein jüdischer Name. Bestimmt war er ein Jude und hatte sich hier eingeschlichen, wollte sie wahrscheinlich alle ins Unglück stürzen."

„Oh mein Gott", flüstert Marie. „Die schlimmen Jahre, als das Unrecht Recht bekam."

Karl nickt. „Je länger sie darüber nachdachten, desto eindeutiger erschien es ihnen. Und eines Tages entschieden sie sich zu richten und zu rechten. Sie trafen sich am Brunnen und zerrten Julius Hirsch und seine Familie dorthin."

„Und meine Urgroßeltern", fragt Marie und fürchtet sich vor der Antwort. ‚Was ist, wenn auch sie schuldig wurden. Würde es nicht das Schweigen ihrer Großmutter erklären?"

„Kamen nicht dagegen an. Ihr Urgroßvater wurde erst gar nicht angehört. Sie sperrten ihn an dem Tag in das Hinterzimmer des Gasthofes ein. Dann jagten sie Julius Hirsch und seine Frau mit dem Baby und Luna aus der Stadt hinaus, schlossen die Stadttore."

„Was ist aus ihnen geworden?"

„Er brachte sich und seine Familie um oder wurde umgebracht. So genau hat das niemand erzählt. Man hat sie irgendwo beerdigt. Auch ihr Grab kennt niemand.

Am Ende des Schuljahres hat sich ihr Urgroßvater an eine andere Schule versetzen lassen. Solch einen guten Lehrer wie er es war, hat es seitdem nicht mehr gegeben."

Karl schweigt wieder und Marie weiß nicht was sie sagen soll.

„So war das also“, sagt er nach einer Weile unbeholfen, gibt sich einen Ruck. „Die Geschichte ist aber noch nicht zu Ende. Einige Jahre nach dem Krieg stellte sich heraus, dass Julius Hirsch gar kein Jude war. Er war vor der Armut aus dem Osten hierhin geflohen, hatte sich zum Schneidermeister raufgearbeitet und war schon immer ein strammer Preuße und evangelischer Christ gewesen.“

Karl klopft mit dem Zeigefinger auf den Holztisch. „Niemand bekannte das Unrecht, das diesem Mann angetan wurde. Niemand sprach darüber, dass man diesem braunen Mist aufgesessen war und für den Tod von vier Menschen verantwortlich war. Man machte einfach mit dem Alltag weiter. Manchmal denke ich, das ganze Dorf erstickt noch an dieser Schuld.“

„Aber Sie haben sie nun bekannt“, sagt Marie leise und drückt ihm die Hand. „Und der Brunnen schweigt auch nicht“, fügt sie hinzu.

Und dann kam so viel Wasser

- Brigitte Krause -

Hallo, ich heiße Marie und bin vier Jahre alt. Mit meiner Mama und meinem Papa wohne ich einem Haus mit einem großen Garten. Hinter dem Garten fließt ein Bach. Er ist nicht sehr tief. Wenn ich mich hineinstelle, geht das Wasser bis unter den Rand meiner Gummistiefel. Meine Freunde und ich spielen gern an - und in dem Bach. Am liebsten Stausee. Wir packen Steine aufeinander, damit das Wasser nicht mehr weiter fließen kann. Die Steine finden wir im Bach. Auf dem Stausee machen wir dann ein Rennen mit unseren selbst gebastelten Schiffen. Nach dem Spiel müssen wir die Steine wieder zurück packen. Sonst gibt es eine Überschwemmung und das wollen wir nicht.

Heute arbeiten Mama und Papa im Garten. Sie graben ein Stück von der Wiese um. Auch einige Sträucher nehmen sie heraus. So entsteht ein neues Beet, auf das sie Kräuter und Blumen pflanzen wollen. Eine kleine Ecke teilt Papa ab. Die ist für mich. Da darf ich etwas pflanzen, das mir gefällt.

Am nächsten Tag fahren wir zu einem Gartencenter. Hier finde ich einen kleinen Busch mit großen roten Blüten. Das sieht sehr schön aus.

„Das ist eine Hortensie“, sagt Mama, „sie kann zu einem ganz großen Busch heranwachsen.“

„Mit noch mehr großen roten Blumen“, frage ich.

„Ja, mit noch mehr großen roten Blumen?“

Das finde ich ganz toll und möchte diesen Busch für mein Beet haben. Zu Hause pflanzen wir sie dann gleich ein. Und Mamas und Papas Kräuter und Blumen gleich nebenan. Die Sonne scheint und die roten Blüten meiner Hortensie strahlen. Ich bin glücklich.

„Sie braucht sehr viel Wasser. Wenn es nicht regnet, muss sie immer gegossen werden“, sagt Papa.

„Das mach ich doch gerne, es ist doch ganz einfach“, rufe ich und hole sofort meine Gießkanne. Ich fülle sie am Bach mit Wasser und gehe zu meiner Blume. Ich spreche mit ihr und sage: „So, nun hast du zu trinken, damit du nicht vertrocknest. Das Wasser aus dem Bach ist sehr gut.“

Papa schmunzelt: „Das stimmt. Aber Regenwasser ist noch besser, deshalb könnte es bald mal wieder regnen.“ Aber die Sonne scheint und scheint und scheint. Die Erde wird ganz trocken und hart. Bald hat auch der Bach nur noch ganz wenig Wasser. Papa und ich nehmen nun den großen Gartenschlauch zum Gießen. Aber das Wasser ist einfach zu wenig. Alle Blumen und Pflanzen lassen ihre Blätter hängen. Auch die meiner Hortensie und ihre schönen roten Blüten werden braun. Ich bin ganz traurig. Warum regnet es denn nicht? Wenn ich heute Abend ins Bett gehe, und zum lieben Gott bete, werde ich ihn bitten, dass er es regnen lässt. Aber am nächsten Tag scheint wieder die Sonne. Doch ziehen plötzlich Wolken auf. Es werden mehr und mehr und sie sind ganz schwarz. Es ist richtig dunkel. Ich sitze in meinem Zimmer und male ein Bild von meiner Hortensie. Ich male auch Regen, der auf sie herabfällt. Dann male ich ihr eine Blüte, die wie ein lachendes Gesicht aussieht. Plötzlich blitzt es und der Donner grollt gleich hinterher. Und dann ist er da, der Regen. Es regnet sogar ganz doll. Jetzt geht es meiner Hortensie bald wieder gut. Als Mama mich ins Bett bringt, sage ich ihr das.

„Ja, sagt sie. Nur macht sie gar kein so frohes Gesicht dabei. Warum eigentlich nicht? Aber darüber mache ich mir jetzt keine Gedanken. Mit meiner Puppe Elsa im Arm schlafe ich ein. In der Nacht steht Papa plötzlich an meinem Bett.

„Aufwachen Marie, aufwachen, das Wasser, es steht schon in unserem Haus und steigt schnell hoch. Wir können es nicht aufhalten. Wir müssen hier raus". Ich mache meine Augen auf und sehe Papa erstaunt an. Er hebt mich aus dem Bett und nimmt mich auf den Arm.

„Elsa", flüstere ich. Papa holt auch sie aus dem Bett und dann läuft er mit mir die Treppe hinunter und da ist schon das Wasser, auch im Wohnzimmer.

Mama wartet schon auf uns.

„Endlich", sagt sie. Vor dem Fenster ist ein Boot. Das gehört der Feuerwehr. Mithilfe des Feuerwehrmannes klettern wir hinein. Überall ist Wasser. Ich sehe keine Straße mehr. Und laut ist es.

„Was ist das für ein Krach?", frage ich und halte mir die Ohren zu.

„Das ist der Bach. Sein Wasser ist über die Ufer gelaufen und fließt mit großem Getöse weiter. Aus dem Bach ist ein Fluss geworden", sagt der Feuerwehrmann. „Sein Wasser fließt sehr schnell und nimmt alles, was ihm im Wege steht, mit.

Wir sitzen nun in dem Boot und ich bekomme eine Schwimmweste an. Denn wenn ich herausfalle, könnte ich ertrinken. So hoch steht das Wasser schon auf unserer Straße. Es ist alles so komisch. Geht das Wasser wohl wieder weg? Wenn nicht, was ist dann mit unserem Haus? Wir können doch nicht im Wasser wohnen. Aber wo wohnen wir dann? Und was ist mit unseren Sachen, die Möbel, unsere Kleider und mein Spielzeug? Das alles geht doch im Wasser kaputt.
Plötzlich habe ich Angst. Elsa drücke ich ganz fest an meine Brust. Mama nimmt uns beide in den Arm. Und da geht es mir schon ein wenig besser.
Ich schaue in den Himmel, wo es immer noch regnet und sage ganz leise: „Das habe ich nicht gewollt. Ich brauchte doch nur ein wenig Wasser für meine schöne Blume“.

Wassermann

- Frank Siebel -

Ich hatte mal 'ne Freundin – Katharina, kurz Kathi. Sie war so alt wie ich, hatte braune Haare und braune Augen, und wenn sie ging, tat sie das mit einer solchen Anmut, dass ihr dauernd irgendwelche Kerle hinterhersahen.

Was sie an mir fand, weiß ich nicht. Kathi sagte mal, ich wäre lustig. Stimmt, sie hat immer gelacht. Auch, wenn ich Sachen ernst gemeint habe. Damals dachte ich, sie hatte einfach nicht kapiert, was ich ihr sagen wollte; heute glaube ich, sie hat mich ausgelacht. Doch selbst, wenn mir das zu jener Zeit schon klar gewesen wäre, hätte mir das nichts ausgemacht; so verliebt war ich. Ich wollte Kathi heiraten, mit ihr Kinder haben und bis ins hohe Alter mit ihr zusammen sein – und das mit sechzehn.

Katharina war Wassermann. Also nicht der bärtige Typ aus der Sage, der ein Dreizack in der Hand hält und auf Bildern immer irgendwie grimmig guckt. Nein, ich meine ihr Sternzeichen. Kathi hatte am zweiten Februar Geburtstag, und so war sie eben Wassermann – oder in ihrem Fall

Wassermann – Frau - im Zuge von Gleichberechtigung und Gender-Mainstreaming, muss ich da präzise sein. Sie war nun in diesem Sternzeichen geboren, und wie jeder aufgeklärte Mensch, war mir das völlig egal. Am Anfang jedenfalls.

Ich lernte Kathi in der Eishalle kennen. Ich war dort mit ein paar Jungs aus meiner Klasse, obwohl niemand von uns so richtig Schlittschuh laufen konnte. Aber deswegen waren wir auch nicht da: Wir wollten Mädchen gucken. In der Eishalle gab es jede Menge davon. Einige, mit ein paar Typen im Schlepptau, die meisten aber, ohne. Und auf die, hatten wir es abgesehen.

Obwohl die Halle rappelvoll war, fiel mir Kathi sofort auf. Mit einer für mich unfassbaren Leichtigkeit glitt sie über das Eis. Dabei lächelte sie unentwegt, als ob in diesem magischen Moment die Summe all ihrer Hoffnungen und Träume in Erfüllung gegangen wäre. Und ich? Ich starrte dieses wunderschöne Mädchen mit den dunklen welligen Haaren und den langen Beinen an. Regungslos stand ich an der Bande; stundenlang, wie mir schien. Irgendwann an diesem Nachmittag nahmen meine Freunde an, dass ich wohl im Stehen ins Koma gefallen war.

Blöderweise war Kathi nicht allein, sondern mit drei Freundinnen da, und wenn sie mal nicht verträumt ihre Kreise und Schleifen auf dem Eis zog, schien sie mit denen viel Spaß zu haben. Sie redeten und lachten, und immer öfter sahen sie zu mir herüber - um dann noch mehr zu lachen. Meine durchgehende Betrachtung eines Mitglieds ihrer Gruppe war offenbar nicht unbemerkt geblieben. Das war mir natürlich alles schrecklich peinlich, und ich befürchtete mich bis zum Geht-nicht-mehr lächerlich zu machen, aber es half alles nichts: Ich musste dieses Mädchen wiedersehen. Ich ging an das Ende der Halle, wo man sich die Schlittschuhe ausleihen konnte, und fragte den Typen, der da arbeitete, ob er mir einen Zettel und einen Stift borgen könne. Er konnte, und ein paar Minuten später hatte die Liebe meines Lebens – das war sie in dem Augenblick für mich – meine Telefonnummer. Bei dieser Gelegenheit, nannte sie mir auch ihren Namen. Und womit ich niemals gerechnet hätte: Drei Tage später rief Kathi tatsächlich an. Und weitere drei Tage danach gingen wir ins Kino, nur wir zwei. Auf der Leinwand nahmen ein älterer schwarzer und ein junger weißer Polizist mit flotten Sprüchen und coolen Knarren einen gefährlichen Drogenring auseinander. Kathi und ich hielten Händchen. Das fand ich viel aufregender.

In den nächsten Wochen sahen wir uns fast täglich. Mal mit, mal ohne unsere Cliquen. Ohne war mir lieber, wobei meine Jungs Kathi wegen ihrer fröhlichen, unbeschwerten Art auf Anhieb mochten. Einmal brachte es einer von ihnen tatsächlich fertig sie in meiner Anwesenheit anzubaggern. Dieses Problem schaffte ich mit der Darstellung was meine Fäuste mit seinem Gesicht machen würden, falls er solches nochmal täte, schnell aus der Welt.

Kathi und ich mochten dieselbe Musik, hatten denselben schwarzen Humor und waren sogar Anhänger desselben Fußballvereins – des traditionell unterschätzten VFL Bochum. Eine größere Übereinstimmung in der Beziehung zweier Menschen konnte es nicht geben.

Wenn da nicht diese Wassermannsache gewesen wäre.

Kathi glaubte, dass mit ihrer Geburt in diesem Sternzeichen bestimmte Wesensmerkmale und Eigenarten verbunden waren, die sie der Mensch sein ließen, der sie nun einmal war. Und ich stellte nach und nach fest dass meine Verbindung mit Kathi langfristig, nun ja, nicht so einfach werden würde.

Es begann damit, dass sie nach nur vier Wochen nicht mehr so viel Zeit für mich hatte. Nun standen wichtige Schulprojekte an um die sie sich kümmern musste, oder sie wollte sich mal wieder häufiger mit ihren Freundinnen treffen.

Natürlich war ich enttäuscht. Ich wollte einfach immer mit meinem Mädchen zusammen sein. Doch Kathi hatte sich verändert. Plötzlich war sie mir gegenüber unnahbar und kalt.

Und immer öfter brach sie wegen Nichtigkeiten einen Streit vom Zaun. Bei einem Spaziergang wollte ich den rechten Waldweg nehmen, sie den linken. Ich wollte im Fernsehen die Komödie, sie den Horrorfilm sehen. Ich hatte Lust auf Fastfood, und musste mich auf einmal dafür rechtfertigen, wie ich so einen Fraß essen konnte.

Das sah alles nicht gut für mich aus, und ich fragte Kathi ob sie mit mir Schluss machen wollte.

Sie erstarrte. Auf ihrer Stirn erschienen Falten und meine Freundin blickte mich an als hätte ich ihr gerade eröffnet in Wahrheit vom Planeten Riegel Sieben zu stammen. Auf jeden Fall sagte sie: „Quatsch!“ Sie umarmte mich und hielt mich lange fest. „Du musst das verstehen“, fuhr sie fort,

„Wassermänner sind so. Wir brauchen ab und zu unsere Freiheit. Das hat nichts mit dir zu tun."

„Ich verstehe", sagte ich, was nicht ganz der Wahrheit entsprach.

Wochen später fragte sie mich in einer warmen Sommernacht plötzlich an was ich glauben würde. Bis dahin hatten wir auf einer Wiese im Park gelegen und geknutscht. „An was ich glaube?"

„Ja", antwortete Kathi. „An was glaubst du so?"

„So, wie an Gott?", fragte ich.

„Ja, so was."

Ich dachte nach. „Keine Ahnung."

Kathi blickte mich an. „Wie kam man davon keine Ahnung haben. Entweder man glaubt an was, oder nicht."

Ich machte: „Hmh."

„Ich fühle, dass da noch irgendwas ist", sagte meine Freundin bestimmt. „Etwas Schönes, Großes, das es gut mit uns meint."

„Dein BH ist schön groß", sagte ich, während meine Hand über ihr T- Shirt strich.

„Nein, ohne Spaß jetzt." Sie schlug meine Hand weg und setzte sich auf. „Ich fühle, da ist etwas bei uns, oder in uns. Ich weiß nicht. Irgendeine

Kraft, die uns unser ganzes Leben begleitet. Hast du noch nie darüber nachgedacht?“

Nein, hatte ich nicht, und ich wollte garantiert jetzt nicht damit anfangen, aber Kathi war nicht mehr nach knutschen, und wir gingen nach Hause.

Leider beließ sie es nicht beim darüber nachdenken. Neben ihrem schon vorhandenen Faible für Astrologie, fing Kathi an, sich mit den religiösen Vorstellungen dieser Welt zu beschäftigen – inklusive derjenigen des Volkes der Ho’oponopono auf Hawaii. Später kamen Kartenlegen, Pendeln, Hellsehen und Seelenreisen hinzu. Nicht, dass ich befürchtete, sie an irgendeine obskure Sekte zu verlieren, aber ihre Bücherregale füllten sich zusehends mit Literatur über das Jenseitige, und regelmäßig referierte Kathi begeistert in einer oft sehr ausführlichen Zusammenfassung über das gerade Gelesene.

Und da kein Mensch sich allem gleichmäßig intensiv widmen kann, hatte es Kathi dafür mit dem Irdischen nicht so. Wenn ich jetzt daran zurückdenke, fällt mir keine einzige Verabredung ein, an der sie mal pünktlich war. Sie kam immer zu allem zu spät. Oft nicht mehr als eine viertel

Stunde, aber manchmal wartete ich eben doch länger, und wenn wir ins Kino oder zu einem Auftritt irgendeiner Band wollten wurde das zeitlich schon mal knapp.

„Zeit nervt", sagte Kathi, als ich sie auf ihre ständige Unpünktlichkeit ansprach. Worauf sie mich darüber belehrte, dass Wassermänner es mit dem genauen Einhalten von Uhrzeiten nun mal nicht so haben.

Womit Wassermänner es dann auch nicht so haben ist Mode. Oder sie setzen Trends, die einfach noch niemand kapiert. Was das bei Kathi war weiß ich nicht. Auf jeden Fall hatte sie davon ein ganz eigenes Verständnis. Kathi liebte bunte, knallige Farben, und so kleidete sie sich. Oberteil, Hose, Schuhe – nichts war aufeinander abgestimmt. An manchen Tagen sah es von Ferne aus, als habe sie sich in einer riesigen Farbpalette gewälzt, und ich habe nie erlebt, dass Kathi mal ein passendes Paar Socken trug.

Jeden zweiten und vierten Samstagabend arbeitete Kathi als Babysitter für die Tochter einer befreundeten Familie. Die Kleine war gerade mal zwei und sie liebte Kathi abgöttisch. Später machte Kathi ein Praktikum in einem Kindergarten. Sie war traurig, als dieses nach drei

Wochen endete. Wassermänner scheinen gut mit Kindern klarzukommen. Ich bin Skorpion und tue das nicht. Fragen Sie meine Tochter.

Weil es ein Schulpraktikum war, bekam Kathi von dem Kindergarten kein Geld. Für das Babysitten dagegen schon, und mit dem Taschengeld, das sie von ihren Eltern bekam hätte sie eigentlich finanziell gut über die Runden kommen müssen. In Wahrheit war Kathi immer pleite, denn sparen und haushalten war nicht so ihr Ding. Wenn ihr etwas gefiel, kaufte sie es. Man lebt nur einmal, oder? sagte sie dann stets und ich wusste, dass, was immer wir auch als nächstes gemeinsam unternehmen würden, ich es war, der das bezahlte. Aber das störte mich nicht.

Kathi war unabhängig und frei. Wie ein bunter Schmetterling flatterte sie leicht und sorglos durch das Leben.

Nach zwei Jahren ließ sie sich dann auf einer anderen Blüte nieder. Er hieß Mark und war A – Jugend -Abwehrspieler in unserem örtlichen Fußballverein. „Wir können doch Freunde bleiben“, sagte Kathi, und ihre offene, ehrliche Miene drückte aus, dass sie das tatsächlich ernst meinte. Ich blickte sie lange an, wütend und traurig zugleich. Dann drehte ich mich um und ging. Nun hatte sie wirklich mit mir Schluss gemacht und ich fühlte mich furchtbar.

Irgendjemand erzählte mal, dass Kathi nicht lange mit dem Fußballer zusammen war. Was aus ihr geworden ist, weiß ich nicht. Im Jahr darauf bin ich dann in eine andere Stadt gezogen.

Ich denke manchmal an Kathi, und wenn sie ein typischer Wassermann war, dann ist es nicht leicht mit so jemanden zusammen zu sein; aber, und darauf kommt es doch eigentlich an: Wir hatten saumäßig viel Spaß!

Augustschwärmerei

- Nuri Ortak-

Nun sieh dir das an - Mein Gott, was für eine Katastrophe. Wasser, Schlamm, Dreck überall, wohin du siehst. Schlimm. Schlimm. Mehr kann ich dazu nicht sagen. Grausam. Erbarmungslos.

Jetzt schau dir das an. Umgeknickte Laternenpfähle. Auf den Fluten hüpfende Telefonzellen. Unvorstellbar, diese Elementargewalt. Was gestern noch war, hat heute keinen Bestand. Ist binnen Augenblicken verschwunden. Übrig bleibt nur der Moder, der faulige Atem.

Schau, schnell, da drüben. Der durchnässte Kleidersack, der durch die grünliche Brühe paddelt. In Auflösung begriffene Materie, umschlossen von Feuchtigkeit, Brackigkeit, Wasser. Durch die Nasenlöcher, aus den Ohren oder umgekehrt?

Das Leben ist kurz und ständig bedroht. Ich rede hier nicht von den üblichen Zivilisationsgefahren, Autounfällen, Flugzeugabstürzen, einem entgleisten Zug oder Terroristen. Nein, das hier reicht viel tiefer, trifft unseren modernen Nerv an seiner empfindlichsten Stelle.

Das hier ist die Wirklichkeit, verstehst du? Nicht die ganzen Scheinprobleme scheinbar wichtiger Medienprominenz, nicht die inszenierten Streitigkeiten zwischen Politikern, nicht die Pressekonferenzen von durch ihre eigene Wichtigkeit überwältigten Vorstandsvorsitzenden. Hier – hier spielen sich ganze Dramen ab, direkt vor unseren Augen. Da zappelt einer im Wasser, der gerade seine ganze Existenz verloren hat, sein Haus, längst noch nicht abbezahlt, mit eigener Hände Mühe sorgfältig renoviert, einfach weggespült.

Da merkt man erst, wie machtlos wir doch sind. Da kann sich unsere hochtechnisierte Gesellschaft noch so sehr mit Digitalzauber und Interface-Voodoo in ihr globales Schneckenhaus zurückziehen, glauben, die Natur im Griff zu haben, Fortschritt um des Fortschritts willen zelebrieren. Natürlich, Lebewesen können wir klonen, auf den Mond fliegen, mit dem Computer wildfremde Menschen am anderen Ende der Welt erreichen. Alles kein Problem, klar. Aber die Natur, die schlägt zurück. Das stimmt einen dann doch nachdenklich. Demütig, verstehst du? Direkt klein. Die Verletzlichkeit schmerzt jetzt gerade erst, wenn wir merken, wie angreifbar wir immer noch, mehr denn je, sind.

Sieh nur, der arme Hund da unten. Weiter links. Schau genau hin - nur noch die Ohren. Du siehst, die Natur macht keine Unterschiede. Befiehlt Kreatur um Kreatur vor ihren Richterthron, könnte man sagen. Unglaublich? Nein. Aber unbeschreiblich.

Was bleibt uns denn noch übrig? Wir haben ja nur uns. Ich schätze, es ist am besten, wenn wir uns auf unsere ganz grundlegenden Tugenden besinnen, ein altmodisches Wort, aber die Situation selbst ist es ja auch, entfesselt altmodisch, urvertraut, atavistisch. Uns geht es doch im Prinzip genauso wie den Neandertalern, die der grausamen Willkür der Elemente so schutzlos ausgeliefert gewesen sind. Das ist das menschliche Prinzip schlechthin, da sind wir immer noch genau da, wo unsere Vorfahren in ihren primitiven Fellen waren oder die Naturvölker ängstlich die Naturzeichen zu deuten versuchen. Aber wenn uns all die Aufklärungsideologie nur ein wenig wirklich Positives gebracht hat, dann ist es der trotzige Optimismus des ‚Und Doch'. In jeder Krise steckt eben eine Chance. Jetzt können, ja, müssen wir genauso handeln wie unsere Vorfahren. Uns auf uns selbst besinnen. Und was heißt das wohl? Mitmenschlichkeit wiederentdecken. Zusammenrücken. Den Schwächeren helfen. Wir teilen letztlich alle dasselbe Los. Und darum - He, Sie da! Ja, Sie! Weg da! Das ist unser Platz! Wir sind extra die ganze Nacht durchgefahren, um das echte Leben zu sehen und daran zu wachsen!

Der Zimmerspringbrunnen

- Nuri Ortak -

„Was hat der Mensch von der Jobagentur gesagt?“, wollte sie wissen. Seine Stirn zog sich in Falten. Wie er diesen Unterton in ihrer Stimme hasste. Dieser Ton bedeutete nur eins: einen Vorwurf. Sonderbar, früher hatte es ihn nicht gegeben – oder hatte er ihn einfach nicht wahrgenommen? Jung war er gewesen, voller Energie, voller Zuversicht, voller Ehrgeiz. Ein echter Siegertyp, das hätten all seine Kumpel bestätigen können. Alle.

Er antwortete nicht, griff stattdessen nach der Bierflasche. Bloß trinken, nicht reden, nicht schon wieder die alte Leier.

Der Zimmerspringbrunnen plätscherte.

Sie, wohl im Glauben, er hätte nicht richtig gehört, wiederholte: „Was die Jobagentur gesagt hat, will ich wissen.“ Er schwieg verbissen. Was fragte sie denn so dumm? Es lag doch wohl auf der Hand, was dieser Schlaumeier gesagt hatte: ‚Sehen Sie, Herr Spahn, für jemanden in Ihrem Alter liegen die Jobs nicht auf der Straße. Aber nicht verzagen, bleiben Sie am Ball. Irgendwann ist Erfahrung auch wieder gefragt. Sie wissen ja, Fachkräftemangel und so weiter. Aber Sie müssen mitziehen, anderenfalls.... Und dieses ‚Anderenfalls' hing nun drohend über dem ganzen Tag.

So eine Stelle bei der Jobagentur musste man haben. Von nichts eine Ahnung, aber gescheit daherreden, das konnte er auch. Vielleicht sollte er beim nächsten Gespräch vorschlagen, dass sie einmal die Rollen tauschten. Das dumme Gesicht würde er zu gern sehen.

Der Zimmerspringbrunnen plätscherte.

„Hörst du nicht?", fragte sie wieder, diesmal eine Spur ungehalten. Sie ließ einfach nicht locker. Ein Quälgeist, der seinen wunden Punkt mit sicherem Instinkt herausfand und in ihm bohrte. Und bohrte. Sein Kopf begann pochend zu schmerzen. Komisch, das hatte er früher nie getan. Früher, als er noch Verkaufsleiter gewesen war. Angesehen bei seinen Kollegen, jedenfalls bildete er sich das ein, beliebt bei den Kunden. Früher, als alles noch in Ordnung war. Er trank einen Schluck, um Zeit zu schinden. Wenn sie nur ein klein wenig Taktgefühl hätte, wie hieß noch mal dieses Modewort, Emphase war es nicht, nein: Empathie, also wenn sie es hätte, dann ginge ihr auf, dass ihm schlicht und einfach nicht nach Reden zumute war. Aber nein, nicht mit ihr, sie hörte nicht auf. ‚Sie müssen mehr miteinander reden', hatte der Paartherapeut empfohlen – welch eine Überraschung, dachte er grimmig, das waren doch so Standardsätze, für die diese Typen eine Menge Geld einstrichen, aber sie hatte darauf bestanden. ‚Wir haben Probleme', hatte sie gesagt. ‚Wer hat die denn nicht?', hatte er müde gekontert, aber das hatte sie nicht gelten lassen und ihn zu den Sitzungen mitgeschleift.

Sie schien resigniert zu haben, fragte nicht weiter nach, vorerst nicht, und so lag Schweigen über dem Wohnzimmer. Umso besser, das sollte ihm nur recht sein. Sie sollte bloß nicht auf den Gedanken kommen, jetzt etwas zu sagen.

Der Zimmerspringbrunnen plätscherte.

Ein selten dämliches Ding, dieser Springbrunnen. Er war ein Geschenk ihrer senilen Patentante gewesen. Um des lieben Friedens willen hatte er ihn nicht sofort entsorgt, sondern brav und fügsam aufgestellt. Scheußlich kitschig, aber er hatte einfach keine Lust auf weitere ellenlange Diskussionen gehabt. Etwa um jene Zeit hatten die Probleme im Job angefangen. Sinkende Absatzzahlen in seinem Bereich, das alte Lied, man munkelte auf den Gängen, Köpfe würden rollen. Und am Ende hatten sie dann mit seinem Fußball gespielt. Interessante Vorstellung, wie allen voran der junge Martens ihm einen Tritt versetzte – mit Vollspann. Gerade aus dem Ei geschlüpft und hatte es nicht abwarten können, sich seine Position in der Firma zu schnappen. Dieses intrigante Schwein. Und wie er dann, als die Nachricht von seiner Freistellung die Runde machte, so heuchlerisch und verlogen, wie nur er es sein konnte, geschleimt hatte: ‚Herr Spahn, das tut mir sehr leid. Ich habe viel von Ihnen gelernt. Lassen Sie sich nicht unterkriegen, nur wer aufgibt, hat verloren.' Goldene Worte, die hatte er wahrscheinlich von irgendeinem Coach auf irgendeiner Fortbildung aufgeschnappt, dachte er.

Er griff nach der Flasche. Als er noch seine Arbeit gehabt hatte, hatte er so gut wie nie Alkohol getrunken, Man musste ja funktionieren, und ein Kundengespräch mit Bierfahne zu führen, kam schließlich überhaupt nicht in Frage. Und es gab nichts Trostloseres als einen Mann, der sich vor dem Fernseher allein betrank, hatte er immer gemeint. Und jetzt - Und wennschon. Er erinnerte sich, dass ihm damals Kaczmarek auf einer

Betriebsfeier hinter vorgehaltener Hand das Angebot unterbreitet hatte, sich zusammen mit ihm selbstständig zu machen. ‚Was denkst du, wollen zwei Gewinnertypen wie wir, hier wirklich in diesem Schuppen versauern?', das waren seine Worte gewesen. Er hatte freundlich, aber bestimmt abgelehnt, teils weil er auf eine Beförderung spekuliert hatte, teils weil ihm das Ganze doch etwas zu riskant erschienen war. ‚So kann es gehen', dachte er. Kaczmarek verdiente sich eine goldene Nase, während er schon mittags nach Bier roch. Gerecht? Dieser Frage wich er schon seit langem aus, das führte ja zu nichts.

„Ich mache das Essen", sagte sie. „Du hast ja wieder mal nichts vorbereitet." Er starrte auf einen Punkt auf dem Wohnzimmertisch. Sollte sie machen, was sie wollte. Ihm egal. Er wunderte sich ohnehin, weswegen sie immer noch da war. Weswegen wohl? Um weiter zu bohren in seinem Kopf, wie bei dieser chinesischen Wasserfolter. Immer wieder Wasser auf dieselbe Stelle am Kopf träufeln, tagein, tagaus. Da musste man ja den Verstand verlieren. Diese Chinesen hatten eben Sinn für Humor. Er hatte irgendwann einmal gelesen, Humor sei ein Fremdwort für Feuchtigkeit. Fabelhaft. Was kümmerte es ihn?

Der Zimmerspringbrunnen plätscherte.

Er schälte sich aus der Couch und ging in die Küche zum Kühlschrank, eine neue Flasche holen. Sie, die gerade Wasser aufsetzte, ignorierte er geflissentlich. „Muss das sein?“, hörte er sie fragen. Er verweigerte die Antwort und rülpste stattdessen demonstrativ, während er die Flasche öffnete. „Ferkel“, klang es in seinen Ohren. Was bildete sie sich eigentlich ein? Ihm Vorschriften machen und ihn maßregeln? Das war schließlich auch seine Wohnung, da konnte er tun und lassen, was er wollte. Sein Kopf hämmerte, und wie er so hämmerte, dämmerte ihm, dass es Wut war, die ganze Zeit schon Wut gewesen war. Wut worauf? Auf alles, einfach alles. Auf den unfähigen Dummkopf von der Jobagentur. Auf den jungen Martens. Auf den selbstständigen Kaczmarek. Und natürlich auf sie, den wandelnden Vorwurf. Ihren Vorwurf, dass er seinen Job verloren hatte. Ihren Vorwurf, dass er sich gehen ließ. Ihren Vorwurf, dass ihrer beider Freundeskreis schrumpfte.

Der Zimmerspringbrunnen plätscherte.

Er steuerte wieder ins Wohnzimmer. Mit einem gezielten Tritt könnte er diesen verdammten Brunnen zerlegen. Oder die Vitrine. Oder den

Fernsehapparat. Vielleicht wäre ihm dann wohler. Es käme halt auf einen Versuch an. Dann würde es nicht mehr hämmern in seinem Kopf, dann wäre endlich Ruhe. In der Nachbarwohnung schrie das Baby. Schon eigenartig, was man in dem Alter noch alles durfte, ohne mit Strafen rechnen zu müssen – brüllen, werfen, demolieren, und all das ohne den geringsten Grund. Und später, wenn es dann mehr als genug gute Gründe gab, war es verboten. Und niemand wunderte sich darüber in dieser verrotteten Gesellschaft.

In der Küche klapperte sie mit den Töpfen, und ihm war, als pochte es rhythmisch dazu in seinen Schläfen. Das tat sie mit voller Absicht, er hatte sie durchschaut. Jeder Ton eine Anklage. Versager. Rohrkrepierer. Niete. Das musste er sich nicht bieten lassen. Sie sollte es nur nicht zu weit treiben, sie würde schon sehen, was dann passierte, er würde sie in ihre Schranken weisen, sie würde noch ihr blaues Wunder erleben, darauf konnte sie Gift nehmen. Wo hatte sie ihn denn in den letzten vier Jahren unterstützt, ihm den Rücken freigehalten? Wo denn? Es war ihm, als dröhnte die Frage in seinen Ohren. Nein, das einzige, was von ihr gekommen war, waren

Nörgeleien, Sticheleien, Unverschämtheiten. Aber jetzt war das Maß voll, sie würde schon sehen, sollte sie nur ein einziges falsches Wort sagen oder ihn auch nur schief ansehen. Ihm hatten sie alle miteinander die längste Zeit auf der Nase herumgetanzt, es war Zeit für seinen Gegenschlag, jetzt war er an der Reihe. Abrechnen würde er mit ihnen, und diese Hexe in ihrer Küche war die erste. Er leerte die Flasche und knibbelte unwillkürlich an dem Etikett herum. Noch ein Wort von ihr, und er konnte für nichts mehr garantieren, dann brächen alle Dämme. Seit er denken konnte, hatte er sich im Zaum gehalten, von den üblichen Schulhofkabbeleien einmal abgesehen, aber in letzter Zeit ertappte er sich immer häufiger bei dem Gedanken, dass so ein gezielter Faustschlag so manches Problem auf der Welt ganz einfach, ohne viel Aufhebens, lösen könnte. Anfangs war er bei diesem Gedanken über sich selbst erschrocken gewesen, aber da schlummerte etwas in ihm, diese Art hilfloser Wut, bei der man den ganzen Tag mit geballten Fäusten herumlief und einfach nicht wusste, wohin mit dem ganzen Frust.

Der Zimmerspringbrunnen plätscherte.

Er trat an das Regal und starrte auf den Buchrücken: ‚Denk positiv, und die Welt wird dir folgen‘. Ein grässlicher Schund. Sie hatte ihm das Buch geschenkt, als er nach fünf Monaten noch immer keine neue Stelle in Aussicht gehabt hatte, „lies!“, hatte sie gesagt, „ich habe gehört, darin stehen gute Tipps“, keine Ahnung, woher sie diesen Schrott hatte. Der übliche Schwachsinn, Materie folgt der Gedankenenergie, aber so lief das heute, wem es schlecht geht, ist selber schuld, blablabla. Er hatte nicht wenig Lust, dieses Machwerk feierlich auf dem Fußboden zu verbrennen, das wäre einmal eine Haltung. Mit drei Ausrufezeichen.

„Kommst du?“ Das war keine Frage, es war ein Befehl. Ob er Hunger hatte oder nicht, interessierte sie keinen Deut, sie setzte einfach voraus, dass sie hier das Kommando hatte als die Berufstätige. Ihm war schwindlig, und langsam wurde ihm klar, dass er noch immer die Bierflasche in der Hand hielt. Er griff sie am Flaschenhals und warf einen Blick in die Küche. Sie stand mit dem Rücken zu ihm und deckte den Tisch. Nichtsahnend. Ja, so spielte das Leben, Du denkst, du hast alles unter Kontrolle, und eine Sekunde, eine Handbewegung später - Ihm lief der Schweiß den Kragen hinunter. Es war stickig hier. Und ihm war übel. Er musste weg hier, nichts wie weg, und das sofort. Sonst ... Er stürzte zur Wohnungstür und stolperte die Treppen hinunter. Hörte sie nicht rufen, sondern rannte um sein Leben. Und ihres.

Der Zimmerspringbrunnen plätscherte.

Wasserzauber

- Nuri Ortak -

Wir spazieren am Ufer entlang langsam, gleichförmig. Er begeistert, glänzenden Auges den See im Blick, ich gelangweilt. "Sieh diese Farben", zittert er und weist auf die trübe Wasserplatte, "wie viel Ruhe, wie viel Konzentration, doch auch welch freudig gespannte Erwartung breitet sich über das natürliche Antlitz dieses uns doch so rätselhaften Reiches aus! In jeder Sekunde kann sich das Angesicht verzerren, ein flüchtiger Augenblick ist dann vorbeigegangen, gleichsam eine Wiedergeburt aus dem Sekundentod" "Meinst Du, gleich regnet es auch noch?" frage ich. Das hätte gerade noch gefehlt, wo ich mich doch so leicht erkälte. Er lächelt aber nur geduldig und fährt fort. "Weißt du, ich könnte stundenlang am Ufer stehen. Man wird innerlicher, wenn man sich völlig in den Atem des Urelements versenkt. Der See ist wie das Leben - mit offenen Armen empfängt er den Würdigen, der sich seiner Begrenztheit so bewusst ist." Was denn – diese Kiesgrube ist das Leben? Höchst eigenartig. "Verflucht" das Ufer aus verrotteten

Grashalmen, die aufgequollen an sämtlichen Schuhpartikeln haften, ist rutschig wie sonst etwas.

„So darfst du das nicht sehen"; sagt er, als hätte er meine eingestandenermaßen recht unromantischen Gedanken gelesen. „Wenn du das klare, fließende Wasser siehst, dann tauchen Bilder in dir auf. Bilder, die direkt aus der Seele stammen. Bilder, die dir das Ewiggleiche als das Ewigveränderliche verzaubern." „Wenn du meinst", sage ich. Das ist das Intelligenteste, das mir auf die Schnelle einfällt. „Sicher", frohlockt er. „Sieh mal, schon die alten Griechen waren vom Wasser fasziniert. Du erinnerst dich sicher an Heraklit, der meinte, alles fließe, und man könne nicht zweimal in denselben Fluss steigen, nicht wahr? Und nicht nur das: alle alten Hochkulturen wiesen dem Wasser eine immense Bedeutung in ihren Schöpfungsmythen bei. Denke nur stellvertretend an das Rigg Veda, die asiatische Mythologie oder natürlich die Bibel. Wusstest du, dass für die Babylonier der Wassergott Ea die tiefsten Geheimnisse bewahrte oder dass bei den Germanen die Weltenesche Yggdrasil an ihrer Wurzel eine Wasserquelle hatte, die die Erleuchtung spendete?" Wusste ich nicht. Mir ist gerade einmal die chemische Formel für Wasser geläufig, aber auch nur deswegen, weil ich nie so recht begriffen habe, woher die zwei Wasserstoffatome denn nun wissen, dass sie sich zusammen mit einem Sauerstoffatom einlassen sollen. Oder so ähnlich. „Keine seriöse Kulturgeschichte kommt ohne das Wasser aus", lässt er sich mitten in meinen Gedankengang hinein vernehmen. „Nehmen wir beispielsweise das Tao, das bekanntlich aus der unauflöslichen Verschmelzung zweier scheinbar konträrer Prinzipien besteht, Yin und Yang. Hier ist das Wasser als die dunkle Kraft dem Yin zugeteilt. Und an seiner Quelle symbolisiert es das Werden, Entstehen oder die Wiedergeburt. Welche religiösen Implikationen das hat, muss ich wohl nicht darlegen. Ich sage nur: die Taufe, oder?" Das mag schon sein. Allerdings war ich bei meiner spirituellen Geburt eher körperlich vorhanden, also fehlen mir da die Erfahrungswerte. „Oder, falls du eher an handfestem Volksglauben interessiert bist – lange Zeit hielten die Menschen Wasserquellen für das Zuhause von Sagenwesen, Wassermännern, Nixen. Übrigens: du bist in einem Wasserzeichen geboren, interessant, nicht? Ja, auch die Astrologie hat sich von der

Symbolkraft des Wassers inspirieren lassen. Und natürlich die Tiefenpsychologie mit ihrer Konzeption des kollektiven Unbewussten. Sie hat das einmal sehr schön, wie ich finde, als ‚ozeanisches Gefühl' beschrieben, als Eins sein mit dem All. Und weiter, sicher träumst du auch von einem Jungbrunnen, einem Lebenselixier? Ja, das Wasser", sinniert er. „Irgendwann wird jeder von uns Erdenmenschen seinen ganz persönlichen und doch so allgemeinen Fluss überqueren müssen, eine neue Art des Daseins betreten, sich mit dem großen Ganzen verbinden. Und, glaube mir, ich hoffe, mein Weg über den Styx wird erhaben sein, wenn ich mir diese persönliche Bemerkung erlauben darf." In Gedanken versunken, schreitet er einher, ich neben ihm. „Wasser", murmelt er und fügt beinahe entschuldigend hinzu: „Meine Worte sind selbstverständlich nur ein schwaches Abbild der Empfindungen, die ein Verdurstender haben muss, wenn sich mitten in der Wüste eine Wasserquelle zeigt. Erquickend, labend, ach, wer nutzt heutzutage noch solche Wörter?" Ich nicht.

Doch gerade als ich wieder mit einer Predigt rechne, ist Schweigen. Wo ist er denn? Ein kalter Wind weht, und ich bin erstaunt. Hat er sich am

Ende mit der Natur vermählt? Ist er eins mit dem All geworden? Ratlos blicke ich auf die, nein – den bewegten See. Ja, er hat es geschafft. Inmitten konzentrischer Kreise steht er da, knapp drei Meter von mir entfernt, völlig durchnässt, und sieht mich melancholisch an, während das schmutzige Wasser an ihm hinuntertropft, nicht weit entfernt von der Rutschspur im hämischen Morast.

Der Fünfer

- Marion Leppink -

Der Sommer war da. Endlich. Es hatte den ganzen Mai über geregnet und Anfang Juni habe ich nicht wie sonst darum gebettelt, endlich mit Kniestrümpfen in die Schule gehen zu dürfen. Aber jetzt war er da, der Sommer. Die Vögel jubilierten immer lauter und es lag ein Duft in der Luft, mmmh herrlich.

Von gestern auf heute war es heiß geworden. Das Thermometer kletterte schon am frühen Morgen auf über 25 Grad.

Heute werden wir wohl „Hitzefrei" bekommen, überlegte ich, während ich mir die kurzen Hosen und das T-Shirt überstreifte. Zum Glück waren es nur noch zwei Tage bis zu den Ferien und dann konnte ich wieder jeden Tag ins Freibad.

Mama hatte uns Kindern je nur ein Glas kalte Milch zum Frühstück hingestellt, denn essen wollten wir nichts.

Mein Bruder und ich schnallten uns unseren Tonton um und machten uns auf den Weg zur Schule.

Ich ging in die vierte Klasse, mein Bruder in die Dritte. Als der Unterricht begann, hingen meine Klassenkameraden und ich mehr auf den Stühlen als das wir darauf saßen. Auch unser Klassenlehrer sah ein wenig zerknautscht aus. Heute war er ohne Krawatte in die Schule gekommen, das war ein untrügliches Zeichen. Nur wenn es sehr heiß zu werden drohte, hat Herr Müller auf seine Krawatte verzichtet.

„Wir kriegen heute hitzefrei“ flüsterte ich meiner Banknachbarin Heidi zu. „Woher weißt du das?“ fragte sie zurück. Ich deutete auf unseren Lehrer und flüsterte: „Der Müller hat heute keinen Schlips um, das macht er nur, wenn es heiß wird. Wirst sehen, wir dürfen heute bestimmt zur großen Pause nach Hause.“

Herr Müller ging langsam durch die Klasse und schaute streng zu uns hinüber. „Was gibt es denn da drüben zu flüstern?“ fragte er. Wir schreckten hoch und schauten in ganz unschuldig an. „Holt mal alle eure Lesebücher raus. Wir lesen auf Seite 63 die Geschichte zu Ende.“ sagte er laut. Stöhnend kramten alle in den Tornistern und legten mit einem Knall die Lesebücher auf den Tisch. Die Geschichte, die wir gestern zu lesen angefangen hatten, war sterbenslangweilig. Ich hätte ja viel lieber mein Pippi-Langstrumpf-Buch gelesen, aber das durfte ich nicht mit in die Schule nehmen. Jeder musste einen Absatz vorlesen und da ich mit Heidi ganz hinten saß, dauerte es eine Weile bis ich an die Reihe kam. Ich schaute aus dem Fenster und träumte: - Wie schön die Wolken aussehen, wie kleine Watteböllchen und die Schmetterlinge. Wo kamen die auf einmal her? Da, der kleine Gelbe, der wollte rein. Nur ein kleines bisschen höher, dann kannst du durchs offene Fenster Kleiner, rief ich ihm in Gedanken zu. -

Heidi stupste mich in die Seite und ich schrak auf. Verwirrt schaute ich sie an. „Seite 67, letzter Absatz“ flüsterte sie mir zu. Schnell blätterte ich auf die Seite und suchte mit dem Finger den letzten Absatz. Herr Müller trommelte ungeduldig mit seinen Fingern auf dem Pult und meinte streng „Manuela, du sollst nicht träumen. Passe lieber auf. So, und nun fang an: „Der Greif flog .....“

Ich hatte die Stelle gefunden und las nun laut den letzten Absatz. Ich konnte gut lesen und Herr Müller lobte mich am Schluss. Dann ging die Tür auf und Rektor Schmitz kam in die Klasse. In der Hand hielt er ein Thermometer. Er sprach mit

Herrn Müller. Ich stieß Heidi an. „Siehste, hab' ich dir doch gesagt. Hitzefrei" grinste ich sie an. Tatsächlich drehte sich Herr Müller zur Klasse um und fragte lächelnd: „Kinder, eine kleine Rechenaufgabe." Ich guckte enttäuscht und Heidi streckte mir die Zunge raus und wisperte grinsend: „Ätsch, wohl doch kein Hitzefrei".

Herr Müller fragte laut: „Wie viel sind drei Packen weniger zwei Packen?" Nach kurzem Schweigen riefen wir alle laut: „EIN PACKEN". Schnell packten wir unsere Lesebücher in den Tornister und waren schon auf den Beinen bevor Herr Müller sagen konnte. „Genau, ihr könnt jetzt zusammenpacken. Es ist hitzefrei."

Schnell liefen Heidi und ich nach draußen. Dort trafen wir dann meinen Bruder. „Gehen wir gleich ins Freibad?" fragte er. „Du kannst ja gehen" sagte ich zu Tommi. „Ich gehe gleich mit Heidi Rollschuh laufen." Meine Freundin und ich hatten immer etwas zu reden, da störte mein Bruder nur.

Flüsternd und kichernd gingen wir heim. Tommi lief mit seinem Freund, der einen kleinen Fußball dabei hatte, voraus. Sie hatten puterrote Köpfe, schweißnasse Haare, aber trotzdem jagten sie sich immer wieder den kleinen Ball ab. Heidi und ich schauten uns kopfschüttelnd an. Bei so einer Hitze Ball spielen wäre uns im Traum nicht eingefallen.

Als wir zu Hause angekommen waren, war Mama auf dem Weg zum Konsum. „Prima, das ihr zu Hause seid, dann könnt ihr auf Moni aufpassen.“ freute Mama sich. „Oooocccchhhh neee“ maulten mein Bruder und ich. „Ich gehe gleich mit Peter Fußball spielen“ sagte Tommi. „Der holt mich gleich ab“ und verschwand sofort im Kinderzimmer. „Ich hole gleich Heidi ab, wir wollen Rollschuhlaufen“ rief ich und wollte Tommi hinterherlaufen. Mama hielt mich am Tornister fest und meinte: „Gut, dann nimmst du Moni mit. Ich bin gleich wieder da und wenn heute Mittag die Glocken läuten, dann kommt ihr nach Hause zum Essen.“ Sie schnappte sich ihre Einkaufstasche und ging zur Tür.

„Warum muss ich immer aufpassen? Warum nicht auch mal Tommi? Immer darf er ohne die Nervensäge los und ich muss immer ihre Geheule ertragen. Immer muss das gespielt werden was sie will. Ich habe keine Lust Moni mitzunehmen“ meckerte ich. Mama schaute mich streng an und sagte: „Du bist die Große, du musst auch vernünftiger sein. Ein kleines Mädchen wie

Monika kann doch nicht mit den Jungs im Park Fußballspielen. Spielt mit ihr Vater, Mutter, Kind oder mit den Puppen. Dann heult sie auch nicht." „Oocchh Mama" rief ich, „das ist so langweilig. Heidi und ich wollen Rollschuhlaufen." „Auch gut" sagte Mama „dann könnt ihr beide es Moni ja beibringen."

Sie hatte bei diesen Worten die Tür geöffnet und war gegangen.

Meine Schwester rief aus dem Kinderzimmer: „Ela, Ela, Lollschuh fahrn". Ich seufzte, ging ins Kinderzimmer und nahm meine Schwester in den Arm, denn auch wenn sie nervte, lieb hatte ich sie doch.

„Ich nehme dich nur mit, wenn du nicht wieder für jeden Mist losheulst" sagte ich zu ihr. Sie nickte strahlend und nahm meine Hand. Mein Bruder feixte und grinste hinter uns her. „Tschüüüüsss" sagte er hämisch. Man, den hätte ich am liebsten verhauen. Aber Abwarten und Tee trinken sagte Oma immer. Meine Gelegenheit zur Revanche würde kommen.

Zum Mittagessen waren wir wieder zu Hause. Heute gab es mein Lieblingsessen. Überraschungsfrikadellen und Kartoffelsalat. Tommi und ich deckten den Tisch. Auch den

Ketchup stellten wir mit hin. Der durfte auf keinen Fall fehlen. Mama tat jedem von uns eine Portion Kartoffelsalat auf den Teller und stellte die Schüssel zurück in den Kühlschrank. Die Frikadellen stellte sie in zwei Schüsseln auf den Tisch. „Heute sind Erbsen und Möhren drin“ verriet Mama „und in einem Klops sind Maiskörner. Wer die findet, hilft beim Spülen.“ Wir setzten uns hin und aßen. Die „Maisfrikadelle“ tauchte nicht auf und Mama spülte allein. Moni war nach dem Essen müde, steckte sich den Daumen in den Mund und schlief ein. Mama hob sie vom Stuhl und legte sie im Schlafzimmer auf das große Bett. Als sie wieder zurück war fragte sie: „Wie steht es mit den Hausaufgaben? Habt ihr viel auf?“ „Ich habe keine auf“ freute ich mich. Wir waren heute Morgen so schnell verschwunden, das Herr Müller vergessen hat Hausaufgaben zu verteilen. Tommi knurrte, er musste was für Sachkunde lernen. Ich grinste, winkte ihm zu und sagte flötend „Tschüssss“.

Nun hatte ich das Kinderzimmer mal für mich ganz allein. Ich schnappte mir ein Sofa-Kissen aus dem Wohnzimmer und legte mich auf den Fußboden im Kinderzimmer. Pippi-Langstrumpf und ich fuhren ins Taka-Tuka-Land.

Die Ferien hatten angefangen und Papa hatte jetzt Urlaub. Wir waren ganz früh aufgestanden und haben unsere Badeanzüge unter die Shorts und T-Shirts angezogen. Mama hatte zwei Kühltaschen mit Getränken, Butterbroten und Obst gepackt. Papa hatte den Liegestuhl und zwei große Wolldecken in dem Kofferraum unseres himmelblauen Opel Kadetts verstaut. Mama stellte die Kühltaschen und die große Tasche mit den Badesachen dazu und dann ging es los ins Freibad.

Meine Geschwister und ich saßen lustlos hinten im Auto und gähnten. Wir hätten gern länger geschlafen. Aber Papa war der Meinung, wir müssten schon um 8.00 Uhr da sein, wenn das Freibad öffnete, denn nur dann bekamen wir noch einen guten Platz im Schatten.

Nachdem wir dann im Freibad angekommen waren und unsere Decken ausgebreitet hatten, hielt Tommi und mich nichts mehr. Plötzlich sehr munter, wollten wir sofort ins Wasser springen. Papa hielt uns zurück. „Wartet, ich gehe mit" sagte er „aber erst geht es unter die kalte Dusche". „Oochh nein" maulten wir „wir wollen sofort ins Wasser." „Kommt nicht in Frage" sagte Papa streng und nahm Tommi und mich an die

Hand. Dann rannte er mit uns los, stellte uns unter die Dusche und drückte auf den Knopf. Wir kreischten los und Papa lachte. Nachdem auch er kalt geduscht hatte, sprang er mit einem eleganten Kopfsprung ins Wasser. Auch wir sprangen ins Wasser. Papa tauchte unter uns hinweg, packte mal Tommi und mal mich und warf uns dann mit Schwung wieder ins Wasser. Wir tobten und balgten im Wasser, bis wir blaue Lippen hatten. Papa scheuchte uns zurück auf die Decke. Mama stand schon mit Handtüchern da und schaute Papa vorwurfsvoll an. Der guckte Mama an und sagte grinsend „Was? Die beiden sind doch jetzt erst mal kaputt." Wir setzten uns auf die Decke und Mama öffnete die Kühltaschen. Brote mit Marmelade, Käse, Schinken, hart gekochte Eier und gekühlten Tee packte sie aus. Für Papa und sich hatte sie sogar eine Thermoskanne Kaffee mitgenommen. Nachdem wir gegessen hatten, legte sich Papa auf die Decke und las die Tageszeitung, die wir unterwegs am Kiosk gekauft hatten. Mama ging mit Moni zum Planschbecken und Tommi hatte einen Freund entdeckt und ging Fußball spielen. Ich blieb bei Papa auf der Decke, legte mich auf den Bauch und las Pippi Langstrumpf zum fünften Mal.

Irgendwann kitzelte mich Papa unter den Füßen und meinte: „Na, hast du Lust vom Fünfer zu springen?“ Und ob ich Lust hatte. Endlich konnte ich mit Papa mal was allein unternehmen. Wir gingen los und auf dem Weg zum 5-m-Turm sagten wir am Planschbecken Mama noch Bescheid.

Mama schüttelte den Kopf und meinte halb besorgt, halb amüsiert: „Muss das sein. Ist doch ganz schön hoch und wer soll euch retten?“ Ihr wisst doch, dass ich nicht schwimmen kann.“ „Ja“ rief ich „komm schon Papa“. Papa gab Mama noch einen Kuss auf die Wange und dann gingen wir zum Sprungturm.

Papa schob mich zur Leiter und nun hatte ich doch ein etwas mulmiges Gefühl im Bauch. Ich schaute nach oben. Von hier sah der Turm viel höher aus. Und die vielen Leitersprossen. Papa fragte: „Was ist? Angst?“ „Ich doch nicht“ antwortete ich und kletterte die Leiter hoch. Immer höher und höher. Oben angekommen hatte ich einen atemberaubenden Blick. Das Wasserbecken sah aus wie ein kleiner blauer Teppich. Ich stand oben, hielt mich am Geländer fest und schaute hinunter. Da unten winkte jemand. „Guck, da unten winkt Mama“ sagte Papa hinter mir. „Man, die ist ja ganz klein“ rief ich etwas bang.

Papa zog mich ein kleines Stückchen zurück, beugte sich zu mir hinunter und sagte ernst: „Ela, du musst nicht springen, wenn dir die Sache nicht geheuer ist. Aber wenn du springen willst, dann passe genau auf, was ich dir jetzt sage.“ Papa war mal Rettungsschwimmer gewesen und hat uns Kindern das Schwimmen beigebracht. Immer wieder hat er uns die Regeln vorgebetet, wie wir uns verhalten sollten, wenn wir allein zum Schwimmen gingen.

Jetzt schaute er mich ernst an und sagte: „Wenn du ins Wasser springst, egal ob vom 5-Meter-Turm oder nur vom Rand, überzeuge dich davon, dass niemand da schwimmt, wo du hinspringen willst. Und wenn du in ein unbekanntes Gewässer springst, nie, hörst du, wirklich niemals, springe mit einem Kopfsprung hinein. Immer mit den Füßen voran. Hast du das verstanden?“

Ich schaute Papa an und nickte. „Gut“ sagte er „wollen wir es gemeinsam versuchen oder soll ich zuerst springen?“ „Zusammen“ antwortete ich. Papa nahm mich an die Hand, mein Herz klopfte ganz laut, ich hielt Papas Hand ganz fest und er sagte: „ Gut, dann springen wir ganz gerade.

Beine zusammen. Ich zähle jetzt bis Drei, dann springen wir los, in Ordnung?“ Ich konnte nur nicken, vor lauter Aufregung brachte ich kein Wort raus. 1, 2, 3 hörte ich Papa zählen und dann sauste ich wie ein Vogel durch die Luft. Der Wind war kalt an meiner nassen Haut und dann tauchte ich auch schon ins Wasser. Am Beckenboden stieß ich mich mit den Füßen ab und tauchte neben Papa wieder auf. Mama stand mit Moni am Beckenrand und applaudierte. Ich strahlte über das ganze Gesicht. „Das war toll Papa“ rief ich. „Springen wir noch mal?“ Papa lächelte und schwamm mit mir zum Beckenrand. „Ich bleibe mal hier und schaue zu. Meinst du, du kannst auch alleine springen, so wie ich es dir gerade gezeigt habe?“ „Klar“ antwortete ich mutig und kletterte aus dem Sprungbecken. Als ich die Leiter wieder hochgestiegen war und oben auf dem Turm stand, wäre ich am liebsten wieder runtergeklettert und hätte Papa gebeten, noch mal mit mir zu springen. Aber ich wollte nicht zugeben, dass ich allein keine Traute besaß.

- Komm schon, sprach ich mir selber Mut zu, du schaffst das. Mache die Augen zu und denke dir, das Papa dich festhält. -

Und dann machte ich einen großen Schritt nach vorn. Wieder flog ich durch die Luft, der Wind streifte kalt über meinen Körper und dann schlug auch schon das Wasser über mir zusammen. Ich stieß mich am Boden ab und tauchte auf. Papa saß am Beckenrand, lachte anerkennend und hob Daumen hoch. „Du bist mein kleines, mutiges Mädchen“ sagte er und zog mich an den Armen aus dem Wasser. Er nahm mich wie einen Rucksack auf seinen Rücken und ich schmiegte mich mit meinem Gesicht in seinen Nacken. Ich war stolz und freute mich, dass ich mit Papa heute so etwas Tolles erleben durfte.

Der Tag ging viel zu schnell vorbei und aus dem Lautsprecher ertönte die Durchsage: „Es ist 18.00 Uhr. Wir schließen das Bad. Wir wünschen Ihnen noch einen schönen Abend“.

Mama räumte die Handtücher, Decken und leeren Getränkeflaschen zusammen, Papa klappte den Liegestuhl zu. Ich hatte mich schon angezogen und half Moni in ihre Sandalen. Tommi klemmte sich die beiden Decken und die Arme, Papa nahm den Liegestuhl und eine Kühltasche, Mama die andere Kühltasche und die Tasche mit den Badesachen und ich? Ich trug Moni. Die war so müde, das sie nicht mehr laufen wollte. So zogen wir in einer Reihe Richtung Ausgang.

Als wir zu Hause waren und die Taschen ausgepackt und alles aufgeräumt hatten, sagte Mama: „Ich habe keine Lust mehr zum Kochen. Was haltet ihr von einer Pommes?" „ Oh ja" riefen wir Kinder. Selbst Papa meinte: „Das wär mal was, aber nur mit Currywurst." Papa schrieb einen Zettel mit der Bestellung und Mama kramte ihren Geldbeutel aus der Handtasche.

Mit Zettel und Geld bewaffnet zogen Tommi und ich los. Schwer bepackt kamen wir nach einer ½ Std. wieder. Mama hatte zwischenzeitlich den Tisch gedeckt und uns Kindern je ein Glas Fanta hingestellt. Wir staunten, denn so ein „Festessen" gab es nicht oft. Papa und Mama hatten sich ein Bier eingeschenkt. Papa hob sein Glas. „Prost" meinte er und stieß mit jedem von uns an. „Auf schöne Ferien".

Ja, und so ging einer meiner schönsten Ferientage zu Ende.

Der Weihnachtskarpfen

- Carsten Wunn -

Diese Geschichte ist eine ganz besondere Geschichte. Sie handelt davon, wie meine Familie meine Freunde und ich einmal den wahren Geist der Weihnacht erfuhren und beginnt an einem verregneten Morgen Anfang November.

An diesem Morgen hatte sich meine Partnerin, Inkompetentia Becker entschieden, zum Weihnachtsfest ein ganz besonderes Essen zu bieten. Sie plante traditionell sehr frühzeitig wenn eine Festivität anstand. Das hielt den Druck in Grenzen, denn wirklich flexibel war sie nicht. Inkompetentia war trotz ihres Namens eigentlich eine patente und sympathische Frau, doch in dieser Geschichte sollte sich zeigen, dass sie auch eine andere, dunklere Seite hatte.

Kurz nachdem sie die Wohnung zum Einkaufen verlassen hatte, lief ihr im Treppenhaus zufällig Frau Neumeier aus der Nachbarwohnung über den Weg. Frau Neumeier war völlig aufgelöst. Sie hatte sich mit ihrem Mann gestritten. Diese Tatsache war Inkompetentia dank der dünnen Wände bereits bekannt. Doch sie war schlau und sensibel genug, sich dieses nicht anmerken zu lassen.

Es ging um Konrad. Konrad war der übergewichtige Karpfen, der seit Monaten bei Neumeiers in der Badewanne lebte. Genauso, wie bei uns einst der Piranha Paul, der aber inzwischen und zum Glück über ein eigenes Aquarium verfügte. Paul war der einzige Piranha weltweit, der sich zum Vegetariertum bekannte und auch so handelte. Das wussten wir deshalb, weil ich ihm irgendwann einmal beigebracht hatte, Luftblasen nach dem Morsealphabet aufwärts steigen zu lassen und auf diese Art mit mir zu kommunizieren. So konnte ich auch das in Erfahrung bringen.

Aber zurück zu Konrad und Frau Neumeier. Seit Ewigkeiten wurde die Badewanne allein von dem Karpfen genutzt, den Herr Neumeier einmal bei einem Skat- Turnier gewonnen hatte. Sie hatten ihn provisorisch dort untergebracht und wussten jetzt nicht mehr wohin mit ihm. Wenn sie einmal gründlich duschen wollten, gingen sie ins Schwimmbad, denn in der Badewanne befand sich auch die Duschvorrichtung. In punkto waschen waren ihnen also alle Fahrkarten gezogen. Deshalb hing der Haussegen schon seit einiger Zeit schief, doch jetzt war es zum Eklat gekommen. Frau Neumeier drohte mit Auszug, falls Konrad nicht entfernt würde.

Dazu sollte erwähnt werden, dass Konrad seinen Namen erst erhalten hatte, nachdem klar war, dass er nicht gegessen, sondern als Haustier gehalten werden sollte. Neumeiers hatten ihn nach einem Ex-Schwager von ihr benannt, der unter Schuppenbefall gelitten hatte. Also eine kleine Gemeinheit ihm gegenüber, aber für den Karpfen bedeutete das ein Recht auf körperliche Unversehrtheit. So war die Marschrichtung klar. Wenn Konrad weg sollte, dann lebend.

Und Inkompetentia?

Die hatte eine Idee: Neumeiers konnten Konrad nicht mehr gebrauchen, aber sie brauchte ein Weihnachtsessen. Warum also keinen Karpfen?

In diesem Fall war sein Übergewicht also eher von Vorteil, wenn auch nicht von seinem Eigenem.

Ohne mich zu fragen-was ich an dieser Stelle ganz besonders betonen möchte- kaufte sie Konrad unseren Nachbarn ab und war dabei clever genug, ihr Vorhaben nicht zu erwähnen. Die wollten das alles auch gar nicht so genau wissen. Sie quartierte ihn kurzerhand im

Aquarium ein, wo neben Paul seit Kurzem auch der Putzerfisch Theo lebte.

Paul freute sich sehr, denn er und der Weihnachtskarpfen in spe kannten sich. Früher hatte ich hin und wieder einige Fische aus der Nachbarschaft nach einer kurzen Unterweisung im Morsen, in seine damals noch als Unterkunft aktuelle Badewanne gebracht, damit sie Unterwasserpolo oder Tiefseebahnengolf spielen konnten. Letzteres war mit Sicherheit in einer Badewanne nur dann möglich, wenn man seinen kompletten Verstand ausschaltete. Für meine schuppigen Freunde eine ihrer leichtesten Übungen. Konrad war einer von ihnen gewesen, auch wenn er beide Sportarten erbärmlich ausübte und mehr durch per Luftblase abgeschickte Verbalattacken gegenüber mir, dem Schiedsrichter auffiel, als durch überzeugende Spielaktionen.

Paul freute sich vor allem deshalb so sehr weil er nicht wusste, was Inkompetentia mit seinem Freund vorhatte. Und weil ihm nicht klar war, wie erdrückend sich die Enge im Aquarium auswirken würde. Wie gesagt, Konrad war übergewichtig. Wobei das größte Problem der Putzerfisch Theo darstellte. Er nervte, weil er immer da putzen wollte, wo sich die anderen gerade aufhielten und so richtig viel Platz zum Ausweichen gab es nicht. Außerdem prahlte er oft mit seinem - zugegebenermaßen eindrucksvollen - Allgemeinwissen und hielt zusätzlich mich auf Trab, denn er hatte ein besonderes Hobby: als Superhirn liebte er es, Wurzeln zu ziehen. Nur im Kopf, ganz ohne Taschenrechner. Mein Job war es, ihm Aufgaben zu stellen, damit er sich profilieren konnte. Ich sagte zum Beispiel: „Siebte Wurzel aus 412." Dann morste er blitzschnell das Ergebnis (in diesem Fall 2,3635), notfalls bis zur neunten Stelle hinter dem Komma und erwartete Beifall, den zumindest ich pflichtbewusst spendete. Nachprüfen konnte ich das Ergebnis sowieso nicht. Meine Schulzeit war doch schon sehr lange her und außerdem war mein Taschenrechner mehr als veraltet und verfügte noch nicht einmal über eine Wurzelfunktion. Bislang hatte ich diese allerdings auch nicht vermisst.

Wir hassten Theo, aber er säuberte eben auch das Aquarium. Dafür schieden Paul und Konrad aus. Sie eigneten sich eher als Verschmutzer.

Trotz der Enge und der allgemein sehr speziellen Situation war es doch schön mit anzusehen, wie gut sich Paul und Konrad verstanden. Sie waren absolut auf einer Wellenlänge. Gemeinsam spielten sie dem Besserwisser Theo Streiche und wählten mit ihrer wasserdichten, mit dem Maul bedienbaren Fernseh-Fernbedienung bewusst nur Kanäle, auf denen gerade vollständig schwachsinnige Sendungen wie „Die Super-Checker“ oder „ Frauentausch“ liefen. Manchmal schalteten sie auch Verkaufssender ein, wo Putzmittel angepriesen wurden, die Theo mangels Kreditkarte nicht bestellen konnte. Wehren konnte er sich nicht, da er zumindest Konrad körperlich unterlegen war und ihn Pauls scharfe Zähne schon rein optisch ernsthaft beeindruckten. Dieser benutzte sie zwar nicht, aber man wusste ja nie.

Mir wuchs der adipöse Karpfen mit der Zeit so ans Herz, dass ich ihm sogar das „Du“ anbot. Umso mehr schmerzte es daran zu denken, was an Weihnachten passieren würde. Ich versuchte alles um die Katastrophe zu verhindern, doch Inkompetentia blieb hart. Wie ich anfangs angedeutet habe, war sie nicht wirklich flexibel und ihre Sensibilität reichte zwar für den Umgang mit Neumeiers, aber nicht für die Änderung der

Speisekarte zu Weihnachten. Selbst mein Versuch, Konrad heimlich auf Diät zu setzen, um ihn für Inkompetentia weniger interessant zu machen, verpuffte. Sie bemerkte den Gewichtsunterschied gar nicht.

Der November ging zu Ende und es kam die Adventszeit. Mir wurde immer mulmiger, je näher der Tag kam, je besser sich die Beiden verstanden, nein, eigentlich die Drei, denn Theo gehörte durchaus mit dazu. Das kristallisierte sich immer mehr heraus. Auch er verhinderte Langeweile, eben als Störfaktor über den man sich lustig machen konnte. Das war seine Rolle in der Enge des Aquariums und er leistete so seinen Beitrag zur Verhinderung eines Lagerkollers. Das alles funktionierte aber nur, weil Inkompetentia und ich dicht hielten und nichts von ihren Weihnachtsplanungen erzählten. Auch wenn mich mein schlechtes Gewissen fast umbrachte, denn ich wollte Konrad nicht verlieren! Ich mochte ihn, nichts widerstrebte mir mehr als der Gedanke ihn zu töten, auszuweiden und zu filetieren, wie es meine Frau von mir verlangte. Ich töte grundsätzlich keine Freunde, von essen ganz zu schweigen und mir wurde immer klarer, dass Konrad mein Freund war, genau wie Paul oder der Grottenolm Horst, der uns zu Weihnachten besuchen würde. Auf jeden Fall hatten wir ihn eingeladen. Mit der Ankündigung eines prächtigen Überraschungsmenüs.

Und irgendwann war Heiligabend.

Schon direkt nach dem Aufwachen, noch im Bett liegend, fasste ich mir ein Herz.

„Schatz", sagte ich, „das kann ich nicht!"

„Was kannst du nicht?"

„Konrad töten."

„Er ist nur ein Fisch und außerdem habe ich Frau Neumeier 20 Euro für ihn bezahlt! Du musst!"

„Wir könnten doch etwas anderes essen. Ich habe vorhin chinesische Gemüsepfanne im Gefrierfach entdeckt."

Jetzt wurde sie langsam böse.

„Bist du wahnsinnig geworden? Gemüsepfanne zu Weihnachten ist mein gesellschaftlicher Tod. Horst wird uns nie mehr besuchen. Zu Recht!"

Ich merkte, dass es keinen Sinn hatte und verließ erst das Bett und dann den Raum.

Was ich damals nicht wusste:

Zur selben Zeit geschah unweit unserer Wohnung in Hannover etwas äußerst Ungewöhnliches. Wie aus dem Nichts erschien in der Eilen Riede, nahe dem Messeschnellweg, eine

Figur leibhaftig, die eigentlich in den 1930er Jahren von einem amerikanischen Getränkekonzern erfunden wurde: Santa Claus, der Weihnachtsmann samt Schlitten, gezogen von seinem Rentier, das überraschenderweise rote Ohrenschützer trug. Beide hatten es augenscheinlich sehr eilig.

Ich dagegen sah mich gezwungen, etwas Schreckliches zu tun und holte, nicht ganz mühelos, den heftig zappelnden Karpfen aus dem Aquarium. Ich legte ihn vor mir auf den Küchentisch, der mit einer Zeitung abgedeckt war.

„Konrad“, sagte ich laut, „verzeih mir“ und hob mein Messer, um ihn zuerst mit einem Schlag auf den Kopf zu betäuben, während sich dieser weiterhin heftig bewegte und mich seine offenen Augen nicht nur scheinbar vorwurfsvoll anglotzten. Da war ich sicher. Mir brach es das Herz, doch ich musste es tun. Jetzt. Inkompetentia wollte es so. Und was sie wollte war Gesetz. Zumindest an Weihnachten. Das war schon immer so gewesen.

Gerade als ich zuschlagen wollte, klopfte es an der Tür. Geistesgegenwärtig schnappte ich mir den weiterhin zappelnden Konrad und warf ihn zurück ins Aquarium. Dann verließ ich den Raum Richtung Flur und öffnete dort angekommen dieselbe.

„Ho, ho, ho", sagte die riesige, rot gewandete Gestalt, die vor mir stand, „ich habe Geschenke für Paul, Konrad und Theo."

Dann überreichte er mir eine Tüte mit der Aufschrift „Paul", einen Briefumschlag, auf dem „Theo" stand und ein riesiges Paket, das für Konrad bestimmt war. Es war so sperrig, dass ich mit zum Schlitten kommen musste um es dann gemeinsam mit Santa Claus herein zu tragen. Dort erblickte ich die Ohrenschützer seines Rentiers.

„Warum trägt es die?" fragte ich.

„Mittelohrentzündung", antwortete der Weihnachtsmann knapp, „da wo wir herkommen, ist es ganz schön kalt."

Das befriedigte meine Neugier und ich wandte mich wieder wichtigeren Dingen zu.

Ich verabschiedete die beiden Weihnachtsboten und überzeugte kurz darauf Inkompetentia davon, Konrad leben zu lassen. Wer so ein großes Geschenk bekam, der musste einfach das Fest überleben. Wenn sogar der Weihnachtsmann das wollte, dann gab es keine Argumente dagegen.

Das war auch ihr klar. Es war einfach Bestimmung.

Gegen Abend reiste der Grottenolm Horst aus dem Sauerland an, wo er seine Eltern besucht hatte und wir bauten die Geschenke auf dem Gabentisch auf. Zu weihnachtlicher Musik von den „Toten Hosen“ öffneten wir unsere Geschenke. Während ich Inkompetentia Ohrringe und sie mir eine Riesenpackung Wollsocken geschenkt hatte, erhielt Horst von uns eine neue Baseballmütze und einen handgestrickten Skateboardschoner. Er war ein leidenschaftlicher Skater und hatte sein Brett auch heute dabei.

Doch so richtig gespannt waren wir auf die Geschenke des Weihnachtsmanns für unsere schuppigen Mitbewohner. Während Paul eine Riesentüte japanischen getrockneten Seetangs bekam, der im Übrigen deutlich besser schmeckt, als es sich anhört, entpuppte sich der Brief für Theo als Bestätigung eines Stipendiums zum Studium der Mathematik an der Fernuni Hagen. Gleichzeitig wurde ich verpflichtet, ihn zu Seminaren zu begleiten an denen Anwesenheitspflicht bestand. Er war ja auf sein Ausgehwasserglas oder Ähnliches angewiesen. Santa Claus schrieb, das sei ich ihm schuldig, er hätte doch sehr unter der Situation gelitten. Konrad und Paul waren in der langen Zeit zu dritt oftmals nicht wirklich wählerisch mit ihren Späßen gewesen.

Zum guten Schluss öffnete ich für Konrad sein Riesengeschenk. Es war ein Aquarium, in dem er nicht nur bequem leben, sondern auch Besuch empfangen konnte, was zumindest Paul sicher nutzen würde.

Konrad kam aus dem Morsen gar nicht mehr heraus, so begeistert war er. Von seinem Überlebenskampf hatte er sich inzwischen auch einigermaßen erholt.

Und als wir nach dem Abendessen, das aus Röstkartoffeln mit roter Beete bestand, die Aquarien auf den Tisch stellten und unsere drei Fische mit in lange in der Nacht geübter Choreographie „Ihr Kinderlein kommet“, „Oh, Tannebaum“ sowie „Jingle Bells“ morsten und dazu einen fantastischen Unterwassertanz aufführten, da wusste auch Inkompentia, dass wir etwas richtig gemacht hatten.

Wir stellen uns vor:

Anja Brand

Geboren 1961 in Hohenlimburg. Unterm Schlossberg entdeckte sie recht früh ihre Freude am Schreiben, schloss sich aber erst 2010 der Autorengruppe LITERA an.
„Schreiben ist für mich wichtig, da kann ich meine Gedanken fliegen lassen. Ein Stück Freiheit für den Geist."

Beate Kranz

Geboren 1964 in Herne/Westfalen, lebt seit 1989 aus Überzeugung in Breckerfeld.
Bereits als Kind schrieb sie erste Geschichten und Gedichte.
Seit 1997 gehört sie zur Autorengruppe LITERA.
„Schreiben ist für mich eine Möglichkeit Fantasie und Kreativität auszuleben und Dingen und Situationen in eine andere Sichtweise zu setzen."

Brigitte Krause

Geboren 1946 in Dortmund, lebt seit 1976 in Hohenlimburg.
Sie ist seit 1997 Mitglied der Autorengruppe LITERA.
„Ich schreibe gerne Märchen und Fabeln für Kinder."

Marion Leppink

Geboren 1959 in Witten, lebt seit 1986 in Hagen.
Anfang 2011 ist sie auf die Autorengruppe LITERA (ehem. Autorenkreis Tintenfass)
aufmerksam geworden und seitdem begeistertes Mitglied.
"Ich möchte endlich alle Geschichten aufschreiben, die ich schon seit Jahren im Kopf habe."

Nuri Ortak

Geboren 1971 in Hagen, schreibt seit fast 25 Jahren Texte aller Art. Er ist besonders an den Höhen und Tiefen der deutschen Sprache interessiert und hofft, dass dies auf Gegenseitigkeit beruht.

Literatur sollte nutzen und erfreuen - keine ganz neue, aber eine gültige Erkenntnis

Frank Siebel

Geboren 1965 in Siegen, kam 1998 über Kurse zum ‚kreativen Schreiben' an der VHS Hagen zur Autorengruppe LITERA.

Frank Siebel sieht Schreiben als „Spielplatz der Fantasie".

Carsten Wunn

Geboren 1967 in Meerbusch Büderich.

Schreibt Satiren überwiegend aus dem Pelztiermilieu und veröffentlichte 2008 den Roman „Kniesel und ich“. Seit Sommer 2010 ist er Mitglied der Autorenguppe LITERA.

Titelbild: Sonja Opfermann

Geboren 1972 in Hagen. Ihre fotografischen Arbeiten spiegeln die Schönheit und Einzigartigkeit der alltäglichen Umgebung wieder. Sie laden zum Staunen über das Besondere im Vertrauten ein.

Seit 2007 arbeitet Sonja Opfermann regelmäßig mit der Autorengruppe LITERA an verschiedenen Projekten.